Wilhelm Voigt

Wie ich Hauptmann von Köpenick wurde

Die Uniform im Ausstellungsraum des Rathauses Berlin-Köpenick

Wilhelm Voigt

Wie ich Hauptmann von Köpenick wurde

Mein Lebensbild

Alfa-Veda

Erstveröffentlichung Leipzig, 1909
Digitale Textquelle: Projekt Gutenberg
Digitale Bildquelle: Wikimedia

Die Rechtschreibung wurde den heutigen Regeln angepasst.
Satz und Umschlaggestaltung: Jan Müller
Titelfoto: Die Bronzestatue auf der Treppe zum Rathaus Köpenick,
fotografiert von Lienhard Schulz

Neuauflage Oebisfelde, 2024
Alfa-Veda Verlag, Stendaler Straße 25 B, 39646 Oebisfelde
Druck: Libri Plureos GmbH, Friedensallee 273, 22763 Hamburg
Printed in Germany

alfa-veda.com
ISBN 978-3-98837-027-3

Inhalt

»Genialer Kerl«
Kaiser Wilhelm II. nach einem telegrafischen Bericht
über die Tat des »Hauptmanns von Köpenick«

Meine Jugend und Heimat

Ich bin geboren am 13. Februar 1849 in Tilsit in Ostpreußen, während mein Vater unter dem nachmaligen Kaiser Wilhelm I. in Baden focht. Die Gespräche zwischen meinen beiden Großvätern und meinem Vater bildeten meine ersten Kindheitseindrücke.

Die Großväter hatten die Feldzüge 1813/14/15 mitgemacht. Sie blickten voll Stolz auf meinen Vater. Ist es zu verwundern, dass in dieser Umgebung der Wunsch in mir reifte und auch meine Angehörigen erfüllte, ich sollte durch Vermittlung der Armee zu einer angesehenen Beamtenstellung gelangen?

In meiner Vaterstadt, einer Garnison, fängt der Knabe an, Soldat zu spielen, sobald er laufen kann. Was ihn erfreut, anstachelt und mit Begeisterung erfüllt, sind die Waffen und die bunten Uniformen, die mit Musik hinausziehenden Krieger. Ich war immer ein besonderer Verehrer des Militärs.

Zwischen mir und der jeweiligen Mannschaft des Regiments knüpfte sich ein freundschaftlicher Verkehr an, der, von den Offizieren geduldet, mir es ermöglichte, Dienstkenntnisse zu erlangen, soweit Garnison und Felddienst in Betracht kommen – die sonst Leuten, die eine so freundliche Behandlung in der Kaserne nicht empfangen, unbekannt bleiben.

Da ich regen Geistes war, sind die Jugendeindrücke, welche ich bis zu meinem sechzehnten Jahre empfing, auch bis ins späte Alter haftengeblieben. Meine Eltern und Großeltern waren über diesen Umgang nicht nur sehr erfreut, sondern unterstützten denselben, soweit es mit den späteren Schulpflichten zu vereinbaren war, in jeder möglichen Weise, weil sie es für eine gute Vorbedeutung für mein späteres Leben ansahen.

Was meine geistige Entwicklung anlangt, so war dafür mein Onkel Patzig ausschlaggebend. Er, ein Mensch von vielem Wissen, Mechaniker von Beruf, der sich mehrfach in der Welt umgesehen hatte, bereitete mich schon zu Hause so weit vor, dass ich bereits fertig lesen, schreiben und rechnen konnte – mit sechs Jahren! –, als ich in die Schule kam. Drei Jahre später kam ich auf die Oberrealschule in Tilsit.

Dieser Onkel, den ich noch heute sehr verehre, hatte einen großen Einfluss in der Familie, besonders auf meinen Vater, der Schuhmachermeister und im übrigen Tilsiter Bürger war – damals eine Auszeichnung, derer nicht jeder teilhaftig wurde.

Meine Mutter, der meine in den ersten Lebensjahren sehr zarte Gesundheit viel Sorge machte, hing in großer Liebe an mir. Sie hat bis zu ihrem letzten Atemzug treu für mich gebetet und gesorgt.

Weniger gut gestaltete sich das Verhältnis zu meinem Vater. Nach dem Tode meines Onkels, der ihn mit der Kraft seiner seltenen Persönlichkeit von solchen Ausschreitungen immer wieder zurückhielt, hatte sich mein Vater mit Leidenschaft dem Spiel ergeben. Das brachte ihn mit einem Spieler von Profession zusammen, der ihn in jeder Weise betrog. Leider gingen dadurch die ganzen Einnahmen, die uns unser Geschäft, unser Garten und Feld brachten, vollständig für uns verloren. Es war unmöglich, meinen Vater von diesem verderblichen Einfluss zurückzuhalten.

Nicht die Bitten der Frau, nicht das Bewusstsein, sich und seine Familie vollständig zu ruinieren, vermochten ihn dazu zu bringen, seiner Leidenschaft Zügel anzulegen.

Dabei kann ich nicht sagen, dass mein Vater an und für sich das war, was man unter einem schlechten Menschen versteht. Im Gegenteil, er hatte bis in sein hohes Alter sich die Achtung und das Zutrauen seiner Mitbürger zu erhalten gewusst.

Die häuslichen Szenen, welche unsere Familie bis an den Bettelstab brachten, wurden von meiner Mutter auf das sorgfältigste verheimlicht und vertuscht, damit ja kein fremdes Auge und kein fremdes Ohr von der Zerrissenheit unserer Familie Kenntnis erhalten sollte. Leider war es ihr nicht möglich, nun auch schützend ihre Hand über ihre Kinder zu halten; und wenn mein Vater an Tagen, an denen er wieder besonders viel von seinem Vermögen eingebüßt hatte, nach Hause kam, so waren sowohl meine arme Mutter wie ich und meine Geschwister den grässlichsten Misshandlungen ausgesetzt. Ich kann und darf die Bilder, die sich dann in unserer Familie abspielten, hier nicht wiedergeben, denn wenn ich auch durch diese Ereignisse bis auf den Tod verletzt worden bin und sie mich innerlich und äußerlich ruiniert haben, so darf ich doch als Kind nicht über meinen Vater zu Gericht sitzen.

Ich kann mich leider aus meinem späteren Leben nicht eines einzigen Augenblicks entsinnen, in welchem ich meinem Vater mit Liebe und Vertrauen begegnet bin, und in meiner Kindheit war er nur der Schrecken der Schrecken. Erst nach langen Jahren habe ich ihn wiedergesehen, und da war mir das vierte Gebot – »Du sollst Vater und Mutter ehren« – Geist und Leben geworden; da erst hat sich von meiner Seite aus ein erträgliches Verhältnis angebahnt.

∞ ∞ ∞ ∞ ∞ ∞ ∞

Der Weg zum Unglück

Ich weiß nicht, wie alt ich war, als ich, wieder infolge einer häuslichen Szene, das elterliche Haus heimlich verließ, um in Königsberg bei einem Verwandten Schutz zu suchen. Es war ein bitterkalter Wintertag, wenn ich nicht irre, 18° C unter Null, als ich durch Schnee und Eis meinen Weg nach Königsberg suchte. Es ist dies eine Strecke von 110 Kilometern. Selbstverständlich konnte ich dieselbe nicht an einem Tag zurücklegen, so musste ich die gern gewährte Gastfreundschaft unserer ostpreußischen Bauern für die Nachtherbergen in Anspruch nehmen, da ich doch unmöglich im Freien übernachten konnte.

Bis auf den Tod müde und erschöpft, langte ich abends in Königsberg an und suchte auch hier zunächst ein Unterkommen für die Nacht, da es zu spät war, um noch bei meinen Verwandten Zuflucht zu finden. Gerne gewährte mir der Wirt einer sogenannten Ausspannung meine Bitte. Ich legte mich todmüde auf eine Bank des Wirtszimmers, bedeckte mich mit Kleidungsstücken und hoffte, dort die Nacht in Ruhe verbringen zu dürfen.

Gar bald schlief ich auch ein. Es mochte zwischen neun und zehn abends gewesen sein, da wurde ich plötzlich geweckt. Ich stand schlaftrunken auf, rieb mir die Augen und sah vor mir einen Polizeibeamten. Er fragte mich zunächst, warum ich nach Königsberg gekommen sei, und als ich ihm dies erzählte, hieß er mich mitgehen und führte mich ins Polizeigewahrsam.

Am anderen Morgen wurde ich vor einen Polizeibeamten in Zivil geführt. Wir waren allein in einem Zimmer. Auch er fragte mich zunächst nach den äußeren Umständen, unter welchen ich nach Königsberg gekommen war. Die Scheu, unsere traurigen Familienverhältnisse Fremden gegenüber aufzudecken, hielt mich ab, ihm zu sagen, warum ich mein Elternhaus verlassen hatte und nach Königsberg gekommen war. Und da ich seinen Fragen gegenüber etwas verschlossen blieb, suchte er mich durch Schläge zum Geständnis zu bringen, dass ich unterwegs gebettelt hätte.

Denke man nun, dass dieses fünfzig Jahre zurückliegt, dass wir in Ostpreußen auf den Dörfern die breiteste Gastfreundschaft übten, dass jeder müde Wanderer, der abends eine Hofstätte betrat, nicht als ein Bettler, sondern als ein Gast angesehen wurde, dem man in entgegenkommendster Weise Obdach für die Nacht und Speis und Trank gewährte, ohne viel zu fragen, woher und wohin; ja den man sogar gerne kommen sah, weil er in diese einsamen Gegenden Kunde aus der Ferne brachte – so wird jeder Einsichtige begreifen, dass das Wort »Bettler« da nicht am Platze war!

Aber selbst nach polizeilichen Begriffen lag hier keine Bettelei vor. Eine Anzeige, dass der Beamte mich in irgendeiner Form beim Betteln erwischt hätte, liegt nicht bei den Akten.

Ich glaube nicht, dass heute noch derartige Misshandlungen eines Vorgeführten in den Räumen unserer Polizeibehörden vorkommen, ohne gerügt zu werden, aber es ist gewiss tief beschämend für die damaligen Beamten des Polizeipräsidiums Königsbergs, dass eine derartige Misshandlung eines Knabens in ihren Büroräumen stattfinden konnte.

Nachdem ich geschlagen worden war, machte ich dem Beamten weinend das Zugeständnis, dass ich gebettelt hätte.

Ich erhielt nun infolge meines Geständnisses eine Haftstrafe von achtundvierzig Stunden, die ich denn auch im Polizeigebäude verbringen musste, und nach vollbrachter Haft erhielt ich eine Zwangsreiseroute, welche mich nach meiner Heimat wies, und zur Bestreitung der Rückreise 25 Pfennige. Hiervon sollte ich mich nun drei Tage (denn solange dauerte doch mindestens meine Rückreise) beköstigen und mein Nachtquartier bezahlen.

Hoffentlich sind derartige Zustände heute nicht mehr möglich. Ich würde ja diesen Vorgang übersehen haben, wenn er nicht – nach fünfzig Jahren – noch einmal zur Sprache gebracht und als Waffe gegen mich gewandt worden wäre.

Ich kehrte in meine Heimat zurück, und welche schrecklichen Szenen ich da erlebte, das will ich hier nicht weiter erörtern. Ich konnte mich nicht wehren, weder mit Worten noch mit der Tat, sondern musste alles über mich ergehen lassen.

Meine Mutter litt unter diesen Verhältnissen unsäglich.

Meinem Vater gingen auch jetzt die Augen noch nicht auf, und er setzte in mehr oder minder großen Zwischenräumen seine Spielabende fort. Was meine Mutter bei Fleiß und Sparsamkeit erübrigte, fiel auch weiterhin seiner Spielwut zum Opfer.

Wie oben erwähnt, zielte meine Erziehung darauf ab, mich für den Eintritt in die Armee vorzubereiten. Da ich lebhaften Geistes war und mein Sinnen in die Ferne schweifte, so wünschte ich (da Bewohner der Binnenländer das Seeleben nicht kennen), bei der Marine einzutreten.

Als nun später beim Bezirkskommando die einleitenden Schritte dazu gemacht werden sollten, stellte es sich heraus, dass ich eine Vorstrafe von achtundvierzig Stunden hatte – mein gewünschter Eintritt zum Militär also ausgeschlossen war. So blieben die aufgewendete Mühe und die verwendeten Geldmittel zwecklos. Der Groll, den mein Vater über das Scheitern seiner Lieblingspläne gegen mich hegte, führte ihn zu einer immer härteren Behandlung meiner Person. Nach solch einer wüsten Szene stürzte ich halbnackt auf die Straße und betrat das Haus des Nachbarn, zunächst, um dort vorläufig ein Obdach zu suchen. Da die Wohnung augenblicklich leer war, zog ich mir dort hängende Kleider über, um meine Blöße zu bedecken, und flüchtete abermals.

Da mich aber nun Leute das Haus nicht hatten betreten sehen und der Eigentümer der Kleidungsstücke bereits der Polizei von dem Verschwinden derselben Mitteilung gemacht hatte, so wurde ich, als ich wieder nach Hause kam, als Dieb angesehen, vorgeführt und noch einmal bestraft.

Auch in diesem Falle hatte der Richter es nicht für nötig gehalten, sich über das »Warum« aufzuklären, sondern sich lediglich an die nackte Tatsache gehalten.

Der Eigentümer der Kleidungsstücke hatte dieselben ganz unbeschädigt zurückerhalten. Auch die Anzeige wäre unterblieben, wenn er geahnt hätte, dass ich sie mir zugeeignet hatte, da wir gut Freund miteinander waren. Aber die Anzeige war geschehen.

∞∞∞∞∞∞∞

Bestraft und vernichtet

Meine Existenz war in ihren Vorbedingungen ruiniert. Es blieb mir nichts weiter übrig, als die Schule, in der ich bis Obertertia aufgerückt war, zu verlassen und einen anderen Beruf zu ergreifen.

Es sind dort kleinstädtische Verhältnisse. Jedem war es bekannt, was mit mir geschehen. Ich entschloss mich zunächst, das Schuhmacherhandwerk zu erlernen, obgleich es mir klar war, dass dies einer der unglücklichsten Berufe ist, den ein junger Mensch ergreifen kann. Aus frühester Jugend her kannte ich das Elend des Handwerkerstandes, wie es damals in der Tat war und sich leider bis heute noch nicht gebessert hat.

In dieser Zeit hatte ich auch mit Familienmitgliedern, die in Russland wohnten, Beziehungen angeknüpft. Da sie uns durch die Länge der Zeit entfremdet waren, besuchte ich sie in Russland und lernte bei dieser Gelegenheit einen jungen russischen Edelmann kennen, der für mein späteres Leben noch von großer Bedeutung wurde.

Er war ein Urenkel des Grafen Z., dessen Ahne bei der Ermordung des Kaisers Paul beteiligt war und der deshalb für mich ein großes Interesse hatte, weil mir in ihm zunächst der Spross eines Geschlechts entgegentrat, das sich in einem entscheidenden Augenblick an der Geschichte Russlands in so ausschlaggebender Weise beteiligt hatte.

Wir schlossen damals so eine Kinderfreundschaft. Er stellte mir während der Zeit, die ich dort weilte, seine Reitpferde zur Verfügung und beschäftigte sich mit meiner Person in der Weise, dass er mich auf meinen Ritten begleitete. So verlebte ich dort eine reizende Zeit in angenehmer Gesellschaft.

Als später bei den polnischen Aufständen die Einwohner der anliegenden russischen Gouvernements gegen die Ausschreitungen der Insurgenten bei uns Schutz suchten, traf ich unter den vielen Flüchtlingen, die den preußischen Boden und auch Tilsit betraten, zu meinem größten Erstaunen den jungen Grafen Z.

Sein Vater diente damals bei einem Kavallerieregiment und hatte seine Frau allein auf seinen Gütern gelassen. Weil aber die Lage der Gutsfamilien immer bedrohlicher wurde, so hatten sie es vorgezogen, statt nach Petersburg den Weg nach Tilsit zu nehmen zum vorläufigen Aufenthalte. War nun auch große Trauer in der Familie, so berührte uns beide das doch weniger. Wir erneuerten unsere frühere Bekanntschaft, und ich konnte dem Grafen Gelegenheit geben, seiner Reitlust Genüge zu tun.

Während meiner Jugend- und Schulzeit hatte ich mich, durch die Umstände begünstigt, zum tüchtigen Reiter ausgebildet, der schulgerecht zugerittene Pferde reiten und bewegen konnte, ohne sie zu verderben. Da ich unter den Unteroffizieren, die die Pferde der Offiziere zu reiten hatten, sehr intime Freunde besaß, so war ich ihnen beim Bewegen der Offizierspferde behilflich, was sie sehr gerne annahmen, da sie selbst dadurch manche freie Stunde erübrigten. Auch der junge Graf Z. nahm an diesem Vergnügen teil.

Da uns zufälligerweise einmal der Regimentskommandeur, Oberstleutnant von Bernhardi, auf seinem Pferd begegnete und ich ihm bei dieser Gelegenheit den Grafen Z. vorstellte, war er keineswegs ungehalten darüber, sondern stellte dem jungen Grafen Z. selbst eines seiner Pferde zur Verfügung, das er bei seinem unfreiwilligen Aufenthalt nach Belieben benutzen durfte.

In anderer Beziehung wirkte die Revolution in Polen und Russisch-Litauen auch sehr anregend auf mich.

Zunächst hatte ich Gelegenheit, das Treiben der Insurgenten und russischen Soldaten aus nächster Nähe zu beobachten. Solange die Grenze von unseren Mannschaften noch nicht militärisch besetzt war, hatten wir ja oft Scharmützel zwischen Insurgenten und Russen auf preußischem Boden mitangesehen. Und als zur Grenzsperre das Militär herangezogen wurde, gewährte es uns ein inniges Behagen, zu sehen, wie die Schmuggler unsere Grenzwachen überlisteten und Waffen und Munition aus den Lagern unserer Kaufleute den Polen zuführten. Wenn wir auch nicht direkt Polen waren, so konnten wir uns doch nicht verhehlen, dass die Zustände in Russland so auf die Spitze getrieben waren, dass notwendigerweise einmal ein Gewitter losbrechen musste. Es ist ganz naturgemäß, dass man immer zuerst die Partei der Schwächeren ergreift.

Etwas abgekühlt wurde unsere Teilnahme allerdings, als die ursprünglich vom Patriotismus beseelten Führer allmählich zu reinen Bandenhäuptlingen herabsanken. So mancher Edelmann, der seinem Vaterlande zur Zierde gereicht hätte, ist an diesem Treiben zugrunde gegangen.

Die Ausschreitungen der Insurgenten forderten aber wiederum die Rache der russischen Behörden heraus, und ich bin mehrere Male Zeuge gewesen, in welch schrecklicher Weise russische Justiz an den Insurgenten geübt wurde, wenn sie den Russen in die Hände fielen.

Kaum war der Aufruhr in Litauen gedämpft, da flammte schon der Krieg mit Schleswig-Holstein am Horizonte auf. Dieser fand – wie überall auch in meiner Heimat – die freudigste Zustimmung.

Ich erinnere mich noch lebhaft, mit welchem Jubel die Artillerie bei uns empfangen wurde, als sie unsere Stadt passierte, um die Werke in Memel mit ihren Geschützen zu besetzen. Damals sah ich zum ersten Male Gussstahlgeschütze neben Bronzegeschützen.

In dem Augenblick habe ich noch nicht daran gedacht, dass diese Geschütze mit allem, was drum und dran hängt, für mich noch ein Unterhaltungs- und Belehrungsmaterial für viele schwere und traurige Stunden abgeben würden.

Ich suchte mich über alles, soweit mein kindliches Verständnis es zuließ, zu informieren und den Ursachen der Dinge nachzuforschen, die sich vor meinem Geiste und vor meinen Augen abspielten.

Es ist unnötig, Einzelheiten aus diesen Jahren meines Lebens wiederzugeben, da sie weniger bestimmend auf meinen späteren Lebenswandel einwirkten.

Das, was in der Jugend gesät war, trug zunächst noch keine Früchte. Es schlummerte noch im Keime.

Meine Lehrzeit war indessen beendet. Meines Bleibens konnte in Tilsit nicht sein, da mich mein Geist in die Ferne trieb.

So zog ich denn, begleitet von den Tränen und Segenswünschen meiner guten Mutter, begleitet von meiner kleinen elfjährigen Schwester, zu den Toren der Stadt hinaus, mein weiteres Glück in der Ferne zu suchen, weil die Heimat es mir nicht bieten konnte.

War ich nun auch reif dafür?

∞∞∞∞∞∞∞

Für gefälschte Postanweisungen
12 Jahre Zuchthaus

Es ist gewiss ein schwerer Schritt, wenn man aufs Ungewisse hinaus seinen Weg in die Fremde nimmt. Ich hatte die Hoffnung mit mir genommen, in der Ferne mein Glück zu suchen und zu finden, so setzte ich meinen Weg über Königsberg nach Danzig fort.

Königsberg, in Bezug auf meine Rückerinnerungen, war mir nicht sympathisch. Danzig kannte ich noch nicht. Übrigens wollte ich die See sehen und setzte deshalb meinen Weg von Danzig nach Stettin über die Ostsee fort.

In Neufahrwasser traten mir zum ersten Male die großen Positionsgeschütze von Gußstahl in ihrer stattlichen Würde in greifbarer Nähe entgegen. Der Dampfer, mit dem ich die Überfahrt machte, hatte zwei Geschütze für die Befestigungen von Swinemünde geladen, und ich benutzte die Mußestunden während der Fahrt, mich mit dem Mechanismus der Geschütze vertraut zu machen.

Mein Reiseziel war Berlin. Ich fuhr mit der Bahn und traf, soweit ich mich erinnere, eines Sonnabends abends in der Hauptstadt ein.

Meine dort wohnende Tante hatte nach dem Tode ihres ersten Mannes wiederum eine Ehe geschlossen, und ihr Ehemann, mein Onkel, hatte sein ursprüngliches Schneiderhandwerk an den Nagel gehängt und sich mit einem gewissen Scharfblick für die Bedürfnisse der Zeit der Photographie zugewendet. Nachdem er in Tilsit seine Vorstudien beendet hatte, war er anfangs der sechziger Jahre nach Berlin übergesiedelt. Ich nehme an, dass er in seinem Fach geschickt war, denn kurze Zeit, nachdem er in Berlin ein Geschäft eröffnet hatte, legte er auch in Köln am Rhein ein Zweiggeschäft an. Meine Cousine, seine Stieftochter, übernahm die Verwaltung des Geschäfts in Köln und meine Tante das in Berlin. Mein Onkel ließ die Sachen in Berlin arbeiten, die in Köln in Auftrag gegeben worden waren. Nebenbei hatte er auch eine Kunsthandlung aufgemacht.

Da nun meine Mutter und ihre Schwester in einem gesunden geschwisterlichen Verhältnis standen, so konnte ich mit Recht erwarten, dass sie mir die Unterstützung, derer ich in meiner bedrängten Lage benötigt war, auch zuteil werden lassen würde. Es war also keineswegs ein Sprung ins Dunkle, auch nicht die Lust am Großstadtleben, das ich ja damals noch nicht kannte, die mich nach Berlin geführt hatte.

Mit heimlichem Bangen schritt ich am Sonntagmorgen der Wohnung meiner Tante zu. Sie hatte mir immer durch ihre Ruhe und Festigkeit imponiert, und ich hatte ihr gegenüber kein gutes Gewissen. Dann aber wusste ich auch, wie unlieb es meiner Mutter gewesen wäre, wenn meine Tante Kenntnis erhielt von dem Schrecklichen, was sich in unserer Familie abspielte.

Der Eindruck, den ich damals von Berlin empfing, war keineswegs so imponierend, wie ich ihn mir immer in meiner Eigenschaft als Kleinstädter gedacht hatte. Ich war im Gegenteil etwas enttäuscht, denn die Bilder, die mir von Berlin in meiner Phantasie vorgeschwebt hatten, waren sehr übertrieben gewesen. Das Einzige, was mich zunächst interessierte, waren die aus der Kriegsbeute von 1866 Unter den Linden aufgefahrenen Geschütze. Ich konnte mir den Genuss nicht versagen, Unter den Linden dahinzuschlendern und mit Interesse die ausgestellten Geschütze zu mustern. Ich hatte meinen Weg vom Stettiner Bahnhof zur Potsdamer Straße genommen und musste deshalb die Geleise der ersten Berliner Pferdebahn überschreiten.

Sie war damals etwas ganz Neues und der Stolz der Berliner. Es war interessant, zu sehen, mit welchem Genuss die meisten die Strecke und die darauf laufenden Wagen betrachteten und, wenn sie im Wagen Platz genommen, zu hören, wie wohl sie sich fühlten, einmal von dem schrecklichen Omnibus auf eine kurze Zeit erlöst zu sein.

Meine Verwandten waren zunächst überrascht und dann auch erfreut, dass ich sie so unverhofft besuchte. Meine Mutter und ihre Schwester hatten sich seit langen Jahren nicht gesehen. Der Briefwechsel war auch bei dem damaligen hohen Porto aufs Mindestmaß beschränkt worden, und so gab's denn sehr viel zu erzählen.

Ich fühlte instinktiv, dass ich im Sinne meiner Mutter handelte, wenn ich die Leiden, denen sie ausgesetzt war, vor ihrer Schwester nicht bloßlegte. Aber ich habe dieses Verschweigen später ebenso bedauert, wie dass ich mein eigenes Verschulden nicht offen meiner Tante eingestand. Es hielt mich zunächst ein gewisser Trotz davon ab, jener Trotz, der die Folge davon ist, dass man sich schämen muss.

Ich verschaffte mir bald Arbeit, und da ich schon damals ein verhältnismäßig geschickter und aufmerksamer Arbeiter war, so würde sich mein Leben wohl bald in ruhigere Bahnen gelenkt haben, wenn ich in der Werkstätte allein gearbeitet hätte. Die besser situierten Kollegen fingen nämlich über meine dürftige Kleidung und mein bescheidenes Auftreten, welches mit Rücksicht auf den kargen Inhalt meines Portemonnaies für mich eine Notwendigkeit war, zu spotten und zu hänseln an.

Da man in solch jungen Jahren Spott am allerwenigsten vertragen kann, so ist es nicht zu verwundern, dass in mir eine Missstimmung über meine augenblickliche Lage rege wurde und dass ich unzufrieden wurde, ohne es eigentlich nötig gehabt zu haben.

Unglücklicherweise bekam ich in dieser Zeit eine Postanweisung zugestellt, in welcher eine Schuld von drei Talern an mich abgeführt wurde. Die Aushändigung der Postanweisungen fand damals in anderer Weise statt als heute. Der Empfänger der Postanweisung musste dieselbe quittieren und das Geld für den eingezeichneten Betrag gegen Vorlegung der Postanweisung bei dem Postamt selber oder durch einen Vertreter in Empfang nehmen.

Nun hatte der Aussteller der Anweisung die Ausfüllung etwas mangelhaft vorgenommen, und als ich sie zum Quittieren in der Hand hielt und einen Blick auf die obere Seite der Anweisung warf, da fiel mir wie ein Blitz der Gedanke ein: »Wenn du hier eine ›2‹ vorschreiben würdest und hinter die mit Buchstaben geschriebene ›Drei‹ zwanzig schreibst, so erhältst du statt drei – dreiundzwanzig Taler!«

Das war mehr ein Augenblickseinfall, der meine Neugierde rege machte, als die Absicht, mir wirklich zwanzig Taler mehr zahlen zu lassen. Trotzdem nahm ich kurz entschlossen die Feder, füllte in der oben angegebenen Weise die Postanweisung aus, quittierte und begab mich dann aufs Postamt, neugierig, ob man mir wirklich den Betrag aushändigen würde. Ich war selbst ganz erstaunt, als der Beamte am Schalter, ohne irgendeine Einwendung zu machen, dreiundzwanzig Taler statt drei aushändigte.

Dass durch die Buchung der Anweisung der Fehlbetrag festgestellt werden konnte, fiel mir gar nicht ein. In meiner Freude kaufte ich mir bessere Kleidungsstücke und dachte: »Nun bist du ein gemachter Mann und aller Not enthoben!«

Als ich wieder in die Werkstatt zurückkehrte, erzählte mir mein Meister, dass ein Postbeamter in Begleitung eines Herrn in Zivil dagewesen sei und nach mir gefragt habe. Da begann es mir allerdings zu dämmern, dass die ganze Sache doch nicht so arglos verlaufen würde, wie es mir ursprünglich vorgeschwebt, und um den etwaigen Folgen zu entgehen, machte ich mich, wie viele in der gleichen Lage getan hätten, auf die Flucht. Über das Wohin war ich mir in solcher Lage nicht klar, und da eine Flucht auch Geld kostet, mein Geldbeutel aber wieder an der Schwindsucht litt, so dachte ich: »Ist es dir einmal geglückt, glückt's dir auch wieder!«

Ich versuchte es zum zweiten und zum dritten Male, und es gelang mir immer wieder. Schließlich war ich doch dreist geworden und hatte die Postanweisungen in nachlässiger Weise ausgefüllt, so dass die Schrift zweierlei Tintennuancierung aufwies. Das fiel dem Beamten am Schalter auf, er ließ mich festhalten, und es stellte sich heraus, dass ich noch mehrere Anweisungen gefälscht hatte.

Man muss hier immer beachten, dass diese Fälschungen in eine Zeit fallen, wo noch das alte Strafgesetz, das jetzt lange bei den Toten liegt, gültig war. Nach dem heutigen Gesetz konnte ich überhaupt dieser Angelegenheit wegen nicht mit Zuchthaus bestraft werden, weil ich bei Begehung der Tat noch nicht das achtzehnte Lebensjahr erreicht hatte. Außerdem verhält sich auch das zulässige Strafmaß von damals zu dem heutigen wie vier zu drei, und schließlich hatte der Vorsitzende des Schwurgerichts die beantragten mildernden Umstände abgelehnt mit Rücksicht darauf, dass es öffentliche Urkunden waren, die ich

gefälscht hatte. Nur von diesem Gesichtspunkte aus ist es erklärlich, dass der Gerichtshof zu dem Urteil kommen konnte, wie es
bei den Akten liegt und welches lautete: »Zehn Jahre Zuchthaus
und fünfzehnhundert Taler Geldstrafe oder – noch zwei Jahre
Zuchthaus«, in summa also *12 Jahre Zuchthaus.*

Ich war der Verzweiflung nahe; denn wenn ich auch schuldig
war, so kann ein siebzehnjähriger Mensch die Tragweite seiner
Handlungen nicht klar bemessen, sofern es sich um Urkundenfälschung und dergleichen handelt. Nach Ansicht des Vorsitzenden der Strafkammer vom 1. Dezember 1906 wären heute solche
Urteile nicht mehr möglich.

∞∞∞∞∞∞∞

Lebendig tot

Ich wurde zur Verbüßung meiner Strafe in die neue Strafanstalt Moabit überführt. Es ist gewiss ein schwerer Augenblick, wenn sich einem Menschen die Tore der Freiheit schließen, und auch mich erfasste bei dem Gedanken, wie sich nun mein weiteres Leben gestalten würde, die Verzweiflung.

Die erste Zeit verbrachte ich in dumpfem Hinbrüten. Ich hatte in einem ausführlichen Briefe die Vorgänge nach Hause berichtet, erhielt aber keine Antwort. Ich verzweifelte fast und glaubte auch, dass meine Eltern mir nie verzeihen würden.

Da übernahm der Geistliche der Anstalt, der mich übrigens konfirmiert hatte, die Vermittlung, und mit seiner Hilfe kam endlich die Versöhnung mit meinen Eltern so weit zustande, dass ich Briefe empfangen und abschicken konnte.

Dieser Briefwechsel war für mich mit großen Umständlichkeiten verbunden. Meine ältere Schwester hatte sich einige Jahre vor meiner Verhaftung verheiratet und war nach Russland verzogen. Meine jüngere Schwester war noch im schulpflichtigen Alter; dazu die Scheu der Angehörigen, Briefe, die damals noch mit dem Strafanstaltsstempel versehen abgeschickt wurden, durch die Hand des Briefträgers zu erhalten. So ging die Korrespondenz erst durch die Hände meiner Geschwister, ehe sie in die Hände meiner Eltern gelangte.

War äußerlich mein Leben in enge Schranken gebunden, so hatte ich doch auf der anderen Seite die Möglichkeit, mein Innenleben etwas freundlicher zu gestalten. Die Zuchthausverwaltung besaß in ihrer Bibliothek damals eine ausgezeichnete Sammlung von Geschichts-, Geographie- und Reisewerken. Außerdem wurden auch Zeitschriften gehalten und den Gefangenen, die imstande und willens waren, sie zu lesen, in bereitwilligster Weise zur Verfügung gestellt. Als sich der erste Sturm meines Empfindens gelegt und ich mich in das Unvermeidliche gefügt hatte, fand ich bald Wohlgefallen an der Weiterbildung meines inneren Menschen. Der damalige Lehrer Heinrich hatte sich mein Zutrauen zu erwerben gewusst, und er war mir ein wohlwollender Führer auf dem Wege zu meiner weiteren Ausbildung.

Zunächst war es die Geschichte, die im Anschluss an meine Schulausbildung mich besonders fesselte. Ich habe nacheinander die Werke von Schlosser, Raumer, Ranke, Becker und Menzel studiert, und da die einzelnen Geschichtsschreiber erheblich in der Auffassung derselben Tatsachen voneinander abweichen, so gewöhnte ich mich daran, mir über alle diese geschichtlichen Vorgänge ein selbstständiges Urteil zu bilden.

Anschließend an die Geschichte ergab sich von selbst das Studium der Geographie. Hierin dienten mir die Lehrbücher von Schacht und Daniel zu Führern. Um mir die Möglichkeit zu verschaffen, an der Karte selber die einzelnen Berichte zu prüfen, hatte ich mir einen Handatlas von Kiepert zugelegt, den ich von meinem Arbeitsverdienst, und zwar mit sechzehn Talern bezahlen musste.

Enganschließend an das Studium der Geschichte, hatte ich auch die Reformationsgeschichten der verschiedenen Geschichtsschreiber zu meiner Verfügung. Und auch diese habe ich in meinen Mußestunden eifrig benutzt und mir daraus über religiöse Anschauungen ein ziemlich zutreffendes Urteil bilden können, was meinen in der Jugend empfangenen Religionsunterricht erheblich kräftigte und belebte.

Es ist selbstverständlich, dass bei dem regen Interesse, welches ich in der Jugend bereits für die Taten unserer Armee gewonnen hatte, mich ganz besonders die preußische Geschichte interessierte. Da waren es vornehmlich die letzten zwei Jahrhunderte, die ich zum Gegenstand meines Selbstunterrichts machte.

Die große Zahl markiger Persönlichkeiten, die in diesen zwei Jahrhunderten über die Weltbühne gegangen sind, fesselten mich ungemein, und ich habe alle die Führer und Helden in den Epochen des Großen Kurfürsten, Friedrich Wilhelms des Ersten und des Alten Fritz in ihrem Leben und Wirken mit dem größten Interesse verfolgt.

Dass ich damals eine bestimmte Absicht hatte, mir die Ergebnisse dieses Studiums zunutze zu machen, kann ich durchaus nicht sagen; es war eine Leidenschaft, die mich erfasst hatte. Meine in Berlin wohnende Tante hatte mich zwar im Auftrag meiner Mutter mehrere Male besucht und mir jedesmal tüchtig den Kopf gewaschen. Auch meine ältere Schwester, die seitdem aus Russland zurückgekehrt und in Berlin wohnte, besuchte mich einige Male. Aber bei den gedrückten Umständen, unter welchen Sprechstunden überhaupt abgehalten werden, war auch nach dieser Seite eine eingehende Unterhaltung ausgeschlossen.

Denkt man nun, dass gerade in der Jugend, in den Jahren der Entwicklung, jedem der Umgang mit gleichaltrigen Genossen so nottut, dass alles, alles mir versagt war, so ist es nicht zu verwundern, dass sich meiner eine verbissene und gereizte Stimmung bemächtigte.

Mitten in diesem Ringen hatte ich noch einmal das Glück, meine gute Mutter zu sehen und zu sprechen. Den Inhalt dieser letzten Unterredung in Worte zu fassen, ist mir ganz unmöglich. All das Herzeleid, das ich ihr bereitet, die ganze Last ihres

Leidens, die sie still duldend die langen Jahre getragen – ihre Mutteraugen sprachen davon so deutlich, während ihr Mund nur stammelte und das Herz vor Leid fast brach. Genug, auch diese Stunde ging vorüber, und der letzte Blick, den ich von meiner Mutter empfangen habe, war voll unendlicher Liebe und Güte.

Ich habe sie nie wieder von Angesicht zu Angesicht gesehen. Meine jüngere Schwester, von welcher ich in Tilsit Abschied nahm (sie war damals elf Jahre alt), war, nachdem sie die höhere Töchterschule in Tilsit absolviert hatte, ebenfalls nach Köln zu meiner Cousine gezogen, und dadurch war auch für mich der Briefwechsel mit meiner Familie, besonders mit meinen Eltern, sehr erschwert.

Inzwischen war durch Gesetz festgelegt, dass die Isolierhaft für den einzelnen Gefangenen nicht länger als drei Jahre dauern dürfe. Auf Grund dieses Gesetzes fand meine Versetzung in die Strafanstalt Sonnenburg statt.

Aus meinen geschichtlichen Studien während meiner Haft ergab sich für mich als Resümee, dass Gewalt allemal vor Recht geht und dass der Begriff »Recht«, wie man ihn auffasst, in Wirklichkeit eine reine Idee, d. h. illusorisch ist. So ergibt sich denn aus der erlangten Gewalt (wie z. B. in Amerika) allemal ein Rechtszustand, der so lange Geltung hat, als die gegenwärtige Gewalt besteht.

∞ ∞ ∞ ∞ ∞ ∞ ∞

In der »Sonne«

Ehe ich nun von meinen Leiden und Freuden in der »Sonne«, d. i. das Zuchthaus Sonnenburg im Verbrecherrotwelsch, weitererzähle, muss ich hier noch etwas über den Geist des Hauses, den ich in der Strafanstalt Moabit vorgefunden hatte, sagen. Dort war das Beamtenpersonal damals vom »Rauhen Hause« bestellt, und es herrschte im großen und ganzen ein humaner Geist, der unnötige Quälereien der Gefangenen ausschloss, ohne doch den Ernst hintenanzusetzen, der unbedingt den verschiedenen Geistern gegenüber herrschen muss, die da zusammenkommen.

Ich will glauben, dass auch da Strafen verhängt worden sind, wenn sie sich als notwendig erwiesen, meine aber doch, dass im Allgemeinen die Beamten ihre Handlungsweise dem Einzelnen gegenüber so eingerichtet haben, dass sie der Ordnung und Zucht des Hauses genügten, ohne den Gefangenen selbst unnötigerweise zu reizen oder zu verletzen.

Ganz anders war der Geist, der damals unter den Beamten in der Strafanstalt Sonnenburg herrschte, der ich nun überwiesen wurde. Nach dem, was ich während meines Aufenthaltes von den Gefangenen und Beamten als erwiesen in Erfahrung gebracht habe, war dort tatsächlich das vorhanden, was man eine »Hölle« nennt. Nur Rohheit und brutale Gewalt waren an der Tagesordnung.

Der Direktor selbst, ein Unikum in seiner Art, war als Straßenjunge 1813 mit der Armee nach Frankreich gelaufen, war dann als Trommeljunge eingestellt worden und hatte es schließlich zu einer subalternen Stellung in der Armee gebracht.

Er pflegte selber, wenn ihm Leute zur Untersuchung und Bestrafung vorgeführt wurden, mit einem gewissen Stolz zu sagen: »Ich bin früher Straßenjunge gewesen wie du!«

Als Direktor genoß er beim Regierungspräsidenten in Frankfurt/Oder ein gewisses Ansehen, weil er es fertigbrachte, die Verwaltung so nutzbringend als nur möglich für die Kasse zu gestalten; und die Klagen über sein brutales Auftreten gegenüber den Gefangenen fanden damals kein Gehör.

Unter den körperlichen Züchtigungen, die die Gefangenen in überreichlichem Maße unter diesem Regiment erhielten, riefen sie in ihrem Schmerze aus: »Ach Gott, ach Gott!« Dann antwortete er ihnen höhnisch: *»Du hast hier keinen Gott, hier bin ich dein Gott und dein Teufel!«*

Es widerstrebt mir, all das, was ich in den ersten Jahren meines Aufenthaltes in Sonnenburg über ihn und sein Treiben in Erfahrung gebracht habe, niederzulegen. Ich behalte mir vor, später noch im Einzelnen auf das System, das damals hier geübt wurde, einzugehen. Heute will ich nur sagen, dass nach dem alten Sprichwort: »Wie der Herr, so's Gescherr!« das Beamtenpersonal, das unter diesem Anstaltsleiter arbeitete, wie er selber war.

Wurde irgendein neuer Beamter auf Probedienst eingestellt und besaß er wirklich etwas Herz, so verließ er den Dienst so schnell als möglich. Es blieben nur solche zurück, die ihrer inneren Gesinnung nach mit dem Direktor auf einer Stufe standen oder denen die Dienstanstellung der letzte Rettungsanker war.

Kurz bevor ich in die Anstalt überführt wurde, hatten doch die fortgesetzten Klagen über den Direktor bei der Regierung Gehör gefunden; er war seines Amtes enthoben und ein neuer Direktor, Herr Gollert, an seine Stelle getreten. Ihm war der Auftrag geworden, diese verseuchte Anstalt zu heben. Wie ich mit großer Genugtuung sagen kann, hat Herr Direktor Gollert dem in ihn gesetzten Vertrauen der Regierung nach Möglichkeit zu entsprechen versucht und sich bemüht, diesen Augiasstall auszukehren.

Er hat 14 Tage lang von morgens acht bis abends sieben Uhr unausgesetzt Audienz für die Gefangenen abgehalten. Er suchte auch ihren Klagen, die sie mit Recht vorzubringen hatten, soviel wie möglich gerecht zu werden.

Eine große Anzahl der Beamten wurde schlankweg entlassen, andere versetzt, wieder andere, die sich nicht mehr halten konnten, gingen freiwillig. Allein der Geist, der einmal in die Beamtenschaft eingedrungen war, wirkte noch wie ein Sauerteig auf das Gebaren der Neueintretenden nach. Es ist ja eine alte Erfahrung, dass ein Tyrann in jedem Menschen wohnt, der sich unter solchen Verhältnissen wie hier natürlich besonders ausleben und entwickeln wird.

Für mich brachte diese Überführung, abgesehen von der bangen Erwartung, die so ein neues, unbekanntes und verrufenes Haus in einem Gefangenen erweckt, doch auch manches, das für mein späteres Leben von großer Wichtigkeit wurde. Wenn auch die Disziplin im Hause im großen Ganzen unnötig »rau« war, so hatte ich doch weniger darunter zu leiden, weil ich meinen Mitgefangenen gegenüber stets eine gewisse Zurückhaltung beobachtet habe und mich nicht leicht in ihr zum Widerstreben neigendes Gebaren hineinziehen ließ. Dadurch bin ich vor manchem Zusammenstoß mit der Verwaltung bewahrt geblieben.

Wenn ich auch zunächst manches Unangenehme vorfand, so begegnete mir doch auch wieder Erfreuliches. Da vor allem der schöne, wohlgeschulte Sängerchor, der sowohl in der Kirche den Gottesdienst verschönte wie auch unter Umständen im Hofe den Gefangenen musikalische Genüsse bereitete, die so manchem Freien versagt sind. Der Direktor Gollert war ein ganz besonderer Freund und Beschützer des Gesangs, ebenso wie seine Gemahlin, die, wie ich glaube, ursprünglich Erzieherin gewesen war. Diese war selbst musikalisch und unterstützte durch ihren Einfluss die Neigungen des Herrn Gollert.

Da ich mit einer ziemlich guten Stimme begabt bin, so wurde ich bald in den Sängerchor eingeführt und bildete mich in den Jahren zu einem Sänger aus, der so ziemlich jede Partie, die nicht allzu schwer war, »Prima vista« sang. Ich wurde auch später Solist im zweiten Bass, noch später gewissermaßen die ausschlaggebende Persönlichkeit in den Gesangschören, denen ich in der Freiheit angehört habe. Ich besitze nämlich außer den Kenntnissen, die ich mir erworben habe, auch das, was man musikalisches Gehör nennt.

Zum Beweis dessen diene ein kleines Rencontre mit einem Orgelstimmer vom Fach, der eine eben abgestimmte Orgel übergeben hatte. Nachdem ich ihn eine Viertelstunde hatte spielen hören, sagte ich: »Die Orgel ist nicht rein gestimmt!« Er wollte die größte Wette auf das Gegenteil eingehen. Als er sie nun aber nachprüfte, da war er sehr verblüfft, dass ich doch recht behalten hatte und zwei Register nicht richtig abgestimmt waren.

So brachte mir die Musik dort wie im späteren Leben nur Freude, Erholung und Erhebung. Und noch etwas anderes, das mir später im Leben von großem Nutzen war, durfte ich ausüben. Mehr als der Hälfte der Gefangenen fiel das Korrespondieren mit ihren Angehörigen sehr schwer; sie wurden um so schlechter damit fertig, als die ausgehenden Briefe von den Vorgesetzten gelesen wurden und sie sich daher scheuten, ihre mangelhaften Elaborate abzusenden.

Damals war es erlaubt, sich der Hilfe derjenigen Mitgefangenen zu bedienen, die am befähigtsten waren, die in Frage kommenden Wünsche zu verstehen und in gefällige Form zu kleiden.

Ich genoss in dieser Hinsicht besonderes Vertrauen. Es drängten sich zunächst Einzelne an mich heran und baten mich, ihnen ihre Briefe zu schreiben. Anfangs waren es nur Familienangelegenheiten, die ich zu erledigen hatte, später auch Briefe, die an Behörden gerichtet wurden. Ausgeschlossen für mich waren Klagesachen, denn ich hatte bald die Erfahrung gemacht, dass jeder, der sich in prozessuale Händel einlässt, seine Sachen nur vom parteiischen Standpunkt ansieht und die Unbefangenheit des Urteils über sich in dieser Angelegenheit vollständig verliert, ja offenbare Unwahrheiten, an die er selbst nicht glaubte, niedergeschrieben wissen will, weil er denkt, dadurch seinem Prozesse eine günstige Wendung zu geben.

Ich habe es mir stets zum Grundsatze gemacht, nur das niederzuschreiben, von dem ich annehme, dass es der Wahrheit entspricht.

Späterhin bemühten sich auch solche Gefangene zu mir, die selbst recht gut ihre Briefe schreiben konnten, zu mir aber das Vertrauen hatten, dass ich die Sache doch noch klarer auslegen könne als sie selber.

Dieses Briefschreiben, mit den sich daran knüpfenden Erzählungen und Berichten, war für mich sehr lehrreich, weil ich dadurch mit den Bedürfnissen, den Wünschen und Hoffnungen, den wirtschaftlichen Verhältnissen einer großen Masse der Bevölkerung, welche den verschiedensten Schichten angehörte, vom Fabrikanten und Rittergutsbesitzer bis herunter zum bescheidensten Arbeiter, bekannt und vertraut wurde. Wenn es mir in meinem späteren Leben verhältnismäßig leicht wurde, mich sofort in die Umstände und den Gedankengang der vor mir Stehenden hineinzufinden, so muss ich das immer auf diese Jahre schwerer Geistesarbeit zurückführen.

Durch diese Tätigkeit gewann ich aber auch einen gewissen Einfluss sowohl nach oben wie nach unten, und es würde sich wirklich ein ganz angenehmes Verhältnis herausgebildet haben, wenn nicht der Verlust der persönlichen Freiheit immer wie ein schwerer Druck auf mir gelastet hätte.

Kurz nach Antritt meiner Strafe in Sonnenburg hatte ich auch einen Besuch meines Vaters, der bei meiner Schwester in Köln gewesen war und auf dem Rückweg bei mir vorsprach.

Stand ich auch in diesem Augenblick gedemütigt vor ihm mit einem gewiss schweren Verschulden, so konnte ich doch auch jetzt nicht über das hinwegkommen, was meine Jugend zerstört hatte und woran er erheblich mitbeteiligt war.

Auch diese Stunde ging, wie viele in meinem Leben, vorüber. Für mich ist sie für mein ganzes Leben eine traurige geblieben.

Wenige Jahre später traf mich nun das herbste Geschick, was einen Menschen in meiner Lage treffen kann – der Tod meiner Mutter! Und zwar ein Ende unter ganz besonderen Umständen.

Ich hatte an dem ersten Freitag im Monat März des Jahres 1878 mir durch Überanstrengung eine heftige Lungenentzündung zugezogen, die meine sofortige Überführung ins Lazarett notwendig machte; am Sonnabend zeigte das Fieberthermometer bereits über 42 Grad Blutwärme.

An diesem selben Sonnabend starb meine Mutter abends 11 ½ Uhr, angeblich an einem Gehirnschlag. Auf die telegraphische Nachricht an meine Schwester in Köln eilte diese sofort an das Totenbett der Mutter, und eine ihrer ersten Handlungen war, mich vom Ableben der Teuren in Kenntnis zu setzen. Dieser Brief kam zwar in die Anstalt; der Inhalt desselben durfte mir auf Anordnung des Arztes aber nicht mitgeteilt werden. Der Anstaltsgeistliche kam mit dem Brief in der Tasche an mein Krankenbett, auf welchem ich besinnungslos und phantasierend lag.

Angehörige werden in solchen Fällen oder wurden damals jedenfalls nicht benachrichtigt. So wartete meine Schwester vierzehn Tage auf meine Antwort, während sie sich in Tilsit aufhielt, und als auch dann noch kein Brief von mir eintraf, reiste sie, empört über meine Handlungsweise, ab.

So hatte sich ohne mein Verschulden eine Kluft zwischen uns aufgetan, die fünfundzwanzig Jahre nicht haben überbrücken können. Sie hat damals unter dem Eindruck gelebt, dass, wenn ich so herzlos wäre, dass mich selbst der Tod meiner Mutter nicht rührte, an mir Hopfen und Malz verloren wäre. Sie hatte mich aufgegeben. Erst sechs Wochen nach Eingang des Briefes wurde mir unter den nötigen Vorsichtsmaßregeln die Mitteilung von dem Tode meiner Mutter gemacht. Was der Arzt zu verhüten gesucht hatte, ein Rückfall, trat trotzdem ein, und ich habe dreizehn Wochen gebraucht, ehe ich das Bett verlassen konnte.

Von den ganzen schauerlichen Begleitumständen bei dem Tode meiner Mutter hatte ich damals keine Ahnung, sonst wäre ich wohl mit dem Leben nicht davongekommen.

Wie ich später erfuhr, hatte meine Mutter in der liebevollsten Weise für mich gesorgt, um mir das Leben nach meinem Eintritt in die Freiheit, soweit es Mutterhände können, freundlich zu gestalten. Leider habe ich die Früchte ihrer Liebe nicht genießen können.

Als ich wieder das väterliche Haus aufsuchte, hatte alles das, was meine Mutter in den Jahren für mich bereitet und geschaffen, bereits andere Besitzer gefunden, und ich habe nicht das kleinste Andenken für mich behalten.

Inzwischen rückte der Tag meiner Freiheit heran. Einer ungewissen Zukunft ging ich entgegen, und ich machte mir durchaus keine Illusionen darüber, wie schwer mir das Leben von Seiten meiner Mitbürger gemacht werden würde. Hatte ich doch durch die aus- und eingehenden Unglücklichen meiner Bekanntschaft genug gehört, um die ganze Schwere dessen, was einem Entlassenen droht, klar zu erkennen.

∞∞∞∞∞∞∞

Die »goldene« Freiheit

Ich wandte mich damals zunächst nach Frankfurt an der Oder, um vorläufig einmal festen Boden zu fassen und mich in der Umgebung umzuschauen.

Mein persönliches Unbekanntsein erschwerte meinen sofortigen Eintritt in ein geregeltes Arbeitsverhältnis, und da auch unterdessen das Handwerk einen erheblichen Wandel erfahren hatte, so beschloss ich, mich gänzlich dem Maschinenbetrieb in der Schuhmacherei zu widmen. Ich tat die einleitenden Schritte, um in Erfurt Stellung zu bekommen, und die Zwischenzeit wollte ich darauf verwenden, noch einmal meine Heimat und das Grab meiner Mutter zu besuchen.

So trat ich denn von Frankfurt die weite Reise nach Tilsit an. Dieses Mal nicht per pedes apostolorum – sondern im bequemen Eisenbahnzug.

Mit erklärlichem Interesse beobachtete ich die Veränderungen, die dreizehn Jahre in dem äußeren Ansehen meiner Heimat hervorgerufen hatten.

Zaghaft lenkte ich meine Schritte zum Elternhaus. Es war ein Freitagnachmittag in der vierten Stunde, als ich die vertrauten Räume betrat.

Bescheiden an die Tür klopfend, das Reiseköfferchen in der Hand, trat ich auf das »Herein« in das Wohnzimmer.

Mein Vater saß bequem ins Sofa gelehnt. Stumm stand ich ihm einen Augenblick gegenüber, als aus seinem Mund die Frage kam: »Wer sind Sie? Was wünschen Sie?«

»Vater, kennst du denn dein Kind nicht mehr?« sagte ich.

»Ach so«, antwortete er, »bist du jetzt herausgekommen? *Wie lange willst du nun hier bleiben!*«

Wer den Inhalt dieses Gesprächs genau überliest, wird wohl ebenso erstaunt sein, wie ich es war. Ich kehrte zermürbt, zerschlagen ins Vaterhaus zurück, und die erste Frage, die mein Vater an mich richtete, war: »Wie lange wirst du bleiben?«

Mir war zumute, als bekäm' ich einen Schlag ins Gesicht. Still und schweigend setzte ich meinen Koffer in die Ecke.

Ich muss bemerken, dass mein Vater sich im Oktober des vorhergehenden Jahres aufs Neue verheiratet hatte. Meine jetzige Stiefmutter, die mir vorher nur einen Brief geschrieben hatte, war mir gänzlich unbekannt. Da sie bei meiner Ankunft im Hause nicht anwesend war, wurde sie von einem Lehrling meines Vaters sofort vom Feld geholt, und eine halbe Stunde darauf standen wir uns gegenüber.

Ich kann nicht sagen, dass sie mir einen unsympathischen Eindruck machte. Im Gegenteil, ich hätte volles Vertrauen zu ihr gewinnen können, wenn wir länger zusammengeblieben und näher miteinander bekannt geworden wären.

Da ich aber aus der Äußerung meines Vaters zu erkennen glaubte, dass ich ihm ein unbequemer und unliebsamer Gast sei, so hatte ich meinen Aufenthalt auf nur wenige Tage bemessen.

Nachdem ich mich ein wenig gestärkt, machte ich zunächst Besuche bei den Verwandten und Bekannten. Ziemlich zuletzt ging ich zu einer jahrelangen Freundin meiner Mutter. Diese stand in dem intimsten Freundschaftsverhältnis zu der Verstorbenen und war auch seinerzeit beim Briefwechsel mit mir behilflich gewesen. Nach einer kurzen Unterhaltung mit ihr fasste sie mich bei der Hand und erzählte mir unter hervorquellenden Tränen die Todesursache meiner Mutter.

Nach ihrem Berichte hatte mein Vater der hässlichen Spielleidenschaft, welche mit eine Ursache meiner unglücklichen Jugend war, auch weiterhin nachgegeben.

An dem Todestage meiner Mutter war er vormittags wieder mit einer erheblichen Geldsumme in der Tasche ausgegangen und hatte alles verspielt.

In der elften Stunde abends kehrte er zurück und wollte sich neuen Vorrat aus dem Bestand der Kasse holen. Meine Mutter, die wusste, dass in den ersten Tagen des neuen Monats ein Wechsel zu bezahlen war, wollte ihm das Geld nicht herausgeben. Sie stellte sich schützend vor die Kommode, in der es lag. Da hätte er sie durch körperliche Misshandlung, Stöße und Schläge, dazu zwingen wollen. Sie wäre niedergeschlagen worden, hätte den Kopf auf eine harte Kante aufgestoßen und dabei den Tod gefunden.

Die Freundin meiner Mutter hatte das von einem Augenzeugen, einem Trompeter vom Dragonerregiment, der noch spätabends vorbeiging und durch das Fenster den ganzen Vorfall beobachtet hatte. Ich konnte mithin nicht an der Wahrheit des Gesagten zweifeln.

Mit welchem Entsetzen ich diesem Bericht lauschte und welchen Eindruck derselbe auf mich machte, das lässt sich kaum schildern.

Die Frau bat mich, die Leiche meiner Mutter wieder ausgraben zu lassen und Strafantrag gegen meinen Vater zu stellen. Diesem Ansinnen konnte und durfte ich nicht nachkommen!

Wozu hätte das auch führen und was hätte es nutzen sollen!

Ich bin dann abends zum Friedhof gegangen, habe das Kreuz, das auf dem Grabe meiner Mutter steht, umfasst und habe lange, ich weiß nicht wie lange, dagelegen. Dann pflückte ich noch ein

paar Blätter von dem Rosenstrauch, der auf ihrem Grab wächst –
das einzige Gedenkzeichen, das mir von der Unvergesslichen geblieben. Hernach kehrte ich in mein Vaterhaus zurück, mit der
festen Absicht, es so schleunigst wie möglich zu verlassen. Meines Bleibens konnte hier nicht sein. Meine Stiefmutter vermochte sich gar nicht zu erklären, was mich so plötzlich wieder von
dannen trieb.

Zu einer Aussprache mochte ich es nicht kommen lassen, um
so mehr, als mein Vater mir gegenüber unberechtigter-, aber sehr
verständlicherweise die Stiefmutter in den Himmel zu heben und
meine tote Mutter herabzusetzen suchte. Das ekelte mich an.

Meine Abreise war eine beschlossene Sache.

Am folgenden Tage nachmittags verließ ich zum zweiten Male
die Heimat. Dieses Mal um vieles ärmer als damals, wo ich zuerst
in die Fremde hinauszog. *Ich wusste jetzt, dass es für mich keine
Heimat mehr gab!*

∞ ∞ ∞ ∞ ∞ ∞ ∞ ∞

Im Strom des Lebens

Während meines Aufenthalts hatte ich auch meinen Vater nach dem Aufenthalt und dem Verbleib meiner Schwestern gefragt.

Die Adresse meiner älteren Schwester, die in Berlin wohnte, gab er mir. Über den Aufenthalt meiner jüngeren Schwester erklärte er, mir keine Adresse geben zu können, weil dieselbe unterdessen verheiratet und nach München verzogen sei. Den Namen meines Schwagers konnte er angeblich nicht nennen.

Damals glaubte ich ihm. Heute weiß ich, dass er mich absichtlich über den Aufenthalt meiner jüngeren Schwester und den Familiennamen ihres Mannes getäuscht hat, um eine Verbindung meinerseits mit ihr unmöglich zu machen.

Weil mich mein Rückweg nach Erfurt über Berlin führte, hielt ich dort an, um meiner älteren Schwester einen Besuch abzustatten. Leider aber war sie seit Pfingsten vorigen Jahres aus ihrer alten Wohnung verzogen und hatte sich in der neuen noch nicht angemeldet.

Meine Zeit war beschränkt, so erkundigte ich mich nicht weiter auf dem Polizeimeldeamt, sondern verließ Berlin und trat in Erfurt in meine neue Stelle ein.

Wie schon erwähnt, hatte mein Handwerk eine große Wandlung erfahren. Der amerikanische Betrieb war allgemach eingeführt, vorläufig aber mangelte es an Arbeitern, die dem neuen Betrieb gewachsen waren. Deshalb hatte ich beschlossen, mich für das Maschinenfach in diesem Betriebe auszubilden und unter dieser Voraussetzung meine Stellung in Erfurt angenommen.

Ich lebte mich dort schnell ein, hatte bald eine recht angenehme Stellung im Geschäft und unter den Kollegen und Freunden und ging später nach Eisenach, wo es mir ebenfalls recht gut gefiel. Dann kam ich unter sehr günstigen Bedingungen in einer Fabrik in Prag an und lernte so wieder ein ganz neues Stück der Welt, in der Stiefel fabriziert werden, kennen. Dort verkehrte ich viel und gern in jüdischen Kreisen. Meine nächste Arbeits- und Lebensetappe sollte Wien, die Stadt an der schönen blauen Donau, heißen. Doch wurde daraus so gut wie nichts. Ich bekam kein Bleiberecht, und ich ging weiter nach Budapest und von dort nach Iassy, aber auch dort war meines Bleibens nicht. In Odessa, wo ich ebenfalls in leitender Stellung tätig war, hatte ich sehr erfreulichen Umgang. Ich war zwei Monate dort, als ich eines Abends beim Spaziergang von einem russischen Offizier bei meinem Namen angerufen wurde.

Ich konnte ihn nicht gleich erkennen, und da im Allgemeinen die russischen Offiziere ziemlich exklusiv zu sein pflegen, solange sie einem Unbekannten gegenüberstehen, war ich darüber sehr erstaunt.

Er gab sich aber gleich selbst zu erkennen, und zwar als mein Jugendfreund Graf Z.

Ich weiß heute noch nicht, warum er mir so herzliche Teilnahme und getreues Andenken bewahrt hat.

Am selben Tag noch vom Platz weg nahm er mich mit nach seinem Haus, führte mich bei seiner Gemahlin ein, und zu meinem Erstaunen kannten auch wir beide uns.

Sie war die Tochter eines kurländischen Grafengeschlechts, dessen Zweige in der Nähe von Tilsit begütert waren; sie hatte mich beim Aufenthalt bei ihren Verwandten kennengelernt und mich bei meinen Ritten oft gesehen. In der Fremde freute sie sich, ein Gesicht aus der alten Heimat zu erblicken. Ich weiß nicht, wie es kam: Aus dem ursprünglichen Jugendfreund wurde im Laufe der Monate ein gern gesehener Familienfreund.

Ich wurde auch von dem Grafen noch bei mehreren bekannten Familien eingeführt und hatte tatsächlich einen so schönen gesellschaftlichen Umgang, wie ich ihn mir nur wünschen konnte.

Das muss man dem Osten nachrühmen: Sind die Sitten auch rauer und der Ton nicht so geschliffen wie im Westen der Monarchie, so wird man dort doch, einmal in die Gesellschaft eingeführt, mit der weitestgehenden Gastfreundschaft aufgenommen, und das Wort: »Halten Sie sich wie zu Hause!« ist ganz so gemeint, wie es gesagt wird. Da ich selber nicht aufdringlich war, sondern bescheiden die Güte meiner Freunde an mich herantreten ließ, außerdem aber durch meine musikalische Begabung manche Stunde der geselligen Unterhaltung verschönen half, so kann ich sagen, dass ich bei allen, mit denen ich während meines Aufenthalts in Odessa verkehrt habe, ein gern gesehener Gast gewesen bin. Selbstverständlich stellte mir mein Freund auch ein Pferd aus seinem Stall zur Verfügung, und als dann im Mai die Garnison unter die Zelte rückte, da war es mir ein Hochgenuss, abends nach getaner Arbeit hoch zu Ross über die Steppe zu jagen, um hernach gemütliche Stunden im Kreise fröhlicher Herren und Damen zu verleben.

Die Zeit war für mich auch in anderer Weise belehrend, indem ich das russische Militär- und Lagerleben aus nächster Nähe und unter bester Führung mitansehen durfte. Unbewusst stellte ich damals zwischen der preußischen, der österreichischen und russischen Armee, mit deren Einrichtungen ich mich schon früher vertraut gemacht hatte, Vergleiche an.

Sehr zu meinem Leidwesen, wenn ich mich auch für ihn darüber freute, wurde mein Freund im Herbst zum Major befördert und versetzt. Wir nahmen tiefbewegt voneinander Abschied, denn uns kettete, abgesehen von der Jugendfreundschaft, auch der vertraute Umgang eines ganzen Jahres fest aneinander.

Der Bruder meines Chefs, der zum Besuch in Odessa weilte, hatte mich genau kennengelernt, und er wünschte, mich für seine Fabrik in Lodz als technischen Leiter zu engagieren. Es war eine günstige Position, auch in pekuniärer Beziehung. Ich wies sie deshalb auch nicht von der Hand.

Aber meine dortige Stellung enttäuschte mich so sehr, dass ich bald weiterging nach Riga. Bei dieser Gelegenheit machte ich noch einmal nach langen Jahren einen Besuch im Vaterhaus. Gefasst und gereift trat ich dieses Mal meinem Vater gegenüber. Die Scheu und Schüchternheit früherer Jahre kannte ich nicht mehr. Aber leider fand ich auch dieses Mal keine Besserung in den häuslichen Verhältnissen vor. Ich hatte einen Stiefbruder bekommen, aber wie ich aus dem Mund meiner Stiefmutter erfuhr, hatte sie dieselbe Last zu tragen, der meine Mutter erlegen war. Deshalb hielt ich mich auch nur vier Tage in Tilsit auf und setzte meinen Weg nach Riga fort.

Dort gefiel es mir besser, ich hatte wieder vielen und netten Verkehr in besseren Familien, und der Wunsch zu heiraten wurde mehr als einmal in mir rege.

Leider habe ich mein ganzes Leben lang eine unsichtbare Kette mit mir herumgeschleppt, die mich hinderte, in den Ehestand zu treten.

Ich bin verschiedene Male von Damen in freundlichster Weise dazu aufgemuntert worden, und einige Male schien es wirklich, als sollten Hymens Fesseln mich umschlingen, aber dann

trat immer die Sorge an mich heran, ob ich auch wirklich dazu
befähigt sei, einer Frau das zu bieten, was sie mit Recht von ihrem Mann verlangen kann und darf?

Der Gedanke an das Unglück, das meine Mutter so tief getroffen hatte, hielt mich immer davon ab, vielleicht später meine
Frau unter dieser oder jener Form leiden zu lassen.

Es wäre für mich wohl besser gewesen, wenn ich diese Scheu
überwunden hätte.

Da traf mich neues Ungemach!

∞∞∞∞∞∞∞

Wehe dem Fröhlichen!

Einer meiner Prinzipale starb, und der andere fühlte sich, da er vermögend genug war, nicht veranlasst, sein Geschäft weiterzuführen. Es wurde aufgelöst. Hätte ich damals genug Mittel besessen, so hätte ich bei den gestellten günstigen Bedingungen das Geschäft übernehmen können. Aber leider, wo's am Besten fehlt, kann man solche Konjunktur nicht ausnutzen.

Ich fuhr nun zunächst wieder einmal nach Tilsit zurück, in der Absicht, von da aus Verbindungen mit dem Westen Deutschlands anzuknüpfen, und es gelang mir, eine Chance nach Potsdam zu finden.

Auf dem Wege dahin begegnete mir auf dem Bahnhofe in Bromberg ein sehr guter Freund aus Lódz, der mir während meines dortigen Aufenthaltes lieb und wert geworden war. Augenblicklich war er noch in Lódz in Stellung und reiste nach Obornek, um sich mit einem älteren Fräulein zu verloben. Ich musste ihm das bindende Versprechen geben, der Hochzeitsfeier beizuwohnen.

Als ich später in Potsdam in Stellung war, erhielt ich wirklich von ihm einen Brief, in dem er mir den Hochzeitstag mitteilte und mich aufs Dringendste bat, mein Versprechen einzulösen. Ich machte mich auf einige Tage frei und fuhr seelenvergnügt nach Obornek. Diese Hochzeitstage waren für mich die letzten Ruhepunkte einer glücklichen Lebensperiode.

Unter den Hochzeitsgästen befanden sich auch einige jüngere Herren aus Wronke. In unserer frohen Stimmung beschlossen wir, den Weg von Obornek nach Wronke zu Fuß zurückzulegen.

Meine richtige Tour wäre über Schneidemühl gewesen. Meine Begleiter aber redeten mir zu, von Wronke aus über Kreuz zu fahren. Da es mir auf ein paar Stunden Umweg nicht ankam, so ließ ich mich bereden und ging mit. Wir waren im Ganzen etwa 18 Damen und Herren, von denen einige je nach ihrem Wohnort vom Wege abzweigten, während wir anderen plaudernd und singend unsere Straße zogen.

Es war eine wunderschöne Maiennacht, und als wir zirka eine halbe Wegstunde von Wronke entfernt waren, ließen wir uns zu einem Picknick in der Nacht vor dem Schützenzelte nieder.

Einer der Gäste, ein junger Sattlermeister mit seiner Frau, die an dem Ort genau Bescheid wussten, erklärten, dass in dem Zelt ein Musikinstrument stehe. Mit Jubel wurde der Vorschlag, es einmal herauszunehmen und eine lustige Weise in der Maiennacht zu tanzen, aufgenommen. Das Instrument wurde zur Stelle geschafft, und wir verlebten zum Schluss noch eine fröhliche Stunde, die leider einen bitteren Nachgeschmack haben sollte.

Da dieser Platz an einer ziemlich viel begangenen Chaussee lag, so hatten uns verschiedene Passanten in unserer Fröhlichkeit beobachtet. Des Tanzens müde, verabschiedeten wir uns gegenseitig, und mich lud der junge Sattlermeister ein, die vier Stunden, die mir noch etwa bis zum Abgang des Zuges blieben, in seiner Wohnung von den Anstrengungen des Tanzes auszuruhen. Ich verschlief die Abfahrtszeit und betrat erst um etwa elf Uhr morgens die Straße.

Zu meinem Erstaunen trat, nachdem ich etwa hundert Schritte weit gegangen war, ein Polizeibeamter an mich heran und bat mich, auf einen Augenblick beim Bürgermeister vorzusprechen.

Hier lag bereits ein großes Protokoll vor, nach welchem aus den Räumen des Schützenzeltes ein Musikinstrument mittels

Einbruchs gestohlen wäre. Von den Passanten hatten mich einige als einen der Teilnehmer an dem Tanze erkannt und denunziert.

Ich sollte nun angeben, wer den Einbruch verübt hätte. Mittlerweile war das Instrument aufgefunden. Es stand am Rande eines Roggenfeldes.

Nichtsdestoweniger hatte sich der Bürgermeister in die Idee verrannt, die ganzen Teilnehmer an der Ausfahrt zur Stelle zu schaffen, und da er bei mir keine physische Folter anwenden konnte, so versuchte er es mit der moralischen.

Allein ohne Erfolg, denn ich konnte unmöglich die Hochzeitsgäste für die kurze Lust einer Stunde in für sie so verderblicher Weise büßen lassen.

Ich fertigte den Bürgermeister deshalb kurz ab, und aus diesem Grund befahl er meine Verhaftung, wollte sie aber sofort zurücknehmen, wenn ich die bei der Sache sonst Beteiligten namhaft machen würde. Auch dieser Köder verfing bei mir nicht, und ich hatte meine Generosität mit einem Jahr Gefängnis zu büßen!

Es war ja an und für sich hart genug, und angenehm war es mir nicht. Aber ich wusste doch, dass ich viele junge Leute vor einem Ruin ihrer Lebensexistenz bewahrt hatte. Denn wer einmal Besitzer von Vorakten ist, der hat der bei uns herrschenden Anschauung zufolge so ziemlich keine Hoffnung mehr, im Leben weiterzukommen.

Zur Verbüßung meiner Strafe wurde ich nach Posen überführt. Hier lernte ich einen Gefangenen namens Kallenberg kennen, der sich mir näher anzuschließen suchte.

Anfangs zurückhaltend, gab ich mich doch der Unterhaltung mit ihm hin, und da er in seinem Auftreten noch keineswegs innerlich versumpft schien, so bildete sich zwischen uns beiden ein erträgliches Verhältnis heraus. Dazu kam noch, dass sowohl seine Eltern wie auch seine Brüder durchaus ehrenhafte Leute waren, die sich auch heute noch zum Teil in ganz ansehnlichen Staatsstellungen befinden.

∞ ∞ ∞ ∞ ∞ ∞ ∞

Rückfällig

Während der Zeit der Haft ist von uns durchaus keine Verabredung getroffen worden, spätere gemeinsame Verbrechen zu verüben.

Da wir ungefähr zu gleicher Zeit entlassen wurden und ich vorläufig noch in Posen blieb, so führte er mich in seine Familie ein. Dadurch wurde der Verkehr mit ihm noch intimer. Schließlich war ich mit meiner Barschaft zu Ende, meine Stellung hatte ich verloren, und man kann eine neue unter solchen Umständen nicht gleich erhalten.

Allmählich trat mir nun Kallenberg mit seinem Ansinnen näher, ein neues Geschäft mit ihm zu machen.

Anfangs sträubte ich mich dagegen, aber wie steter Tropfen den Stein höhlt, so ließ ich mich, mit Rücksicht auf den bevorstehenden Winter und die augenblicklichen Bedrängnisse, in der ich mich mit meiner Kasse befand, hinreißen. Es ist mir heute noch nicht verständlich, wie er mich, der ich doch älter und auch erfahrener war, so auf seine Seite bekommen hat!

Genug, wir begaben uns nach Wongrowitz, brachen dort in die Gerichtskasse ein und öffneten die Behältnisse. Während wir dabei beschäftigt waren, bemerkte die Frau des Oberaufsehers, dass in dem Kassenzimmer Geräusch war. Sie weckte ihren Mann, dieser rief noch einige Beamte zu Hilfe, und sie umstellten das Kassenzimmer.

Ich hörte noch rechtzeitig genug das Geräusch der herannahenden Leute, und es entstand nun die Frage für uns: Was sollen wir tun?

Mein Genosse war gewillt, von seiner Waffe Gebrauch zu machen, nicht etwa um zu töten, sondern weil er sich des Eindrucks bewusst war, den ein abgefeuerter Schuss mitten in der Nacht immer ausübt!

Ich aber sah weiter, oder ich glaubte wenigstens weiter zu sehen. Der Schuss konnte treffen und einen oder mehrere Menschen das Leben oder die Gesundheit kosten.

Ich rechnete auch damit, dass der Gerichtshof diesem freiwilligen Verzicht auf den Gebrauch der Waffe Rechnung tragen würde, und zog es deshalb vor, keinen Widerstand zu leisten.

Wie die spätere Entscheidung zeigt, hatte ich mich im Urteil der Richter getäuscht. Und das war nicht die einzige Überraschung, die mir bevorstand. Wir ließen uns also ohne Widerstreben in die Gefängnisräume überführen, der Kassenbestand blieb natürlich in den Räumen des Kassengebäudes zurück.

Nachdem die Räumlichkeiten von den Beamten geschlossen waren, wurde noch in der Nacht der Rendant der Kasse geholt.

Er überzählte und rechnete, und da fehlte plötzlich ein Betrag von mehreren hundert Mark!

Es gab nur zwei Möglichkeiten: entweder der Kassenbeamte hat die fehlenden Gelder unterschlagen, oder aber die Beamten haben die Gelegenheit benutzt, um sich vorher die Taschen zu füllen.

Unsere Taschen sind natürlich auf das sorgfältigste untersucht worden, die Taschen der Beamten jedoch nicht!

Ich muss hier bemerken, dass wir nicht etwa über Höfe und Straßen, sondern direkt aus dem Gewölbe in die Gefängnisräume überführt worden sind.

Bei der Aufzeichnung meiner eigenen Gegenstände vermisste ich am folgenden Tage meine Taschenuhr.

Der Gefängnisaufseher, der die Uhr selbst von mir übernommen hatte, behauptete auf das Entschiedenste, dass ich überhaupt keine Uhr bei mir gehabt hätte, sondern nur eine Kette.

Auf meinen energischen Protest beim Untersuchungsrichter unternahm derselbe in eigener Person die Visitation des ganzen Hauses, wohl in der stillen Hoffnung, dass vielleicht mit der Uhr die Spuren noch anderer Verbrechen zu finden seien, die ich begangen hätte.

Am vierten Tag nach meiner Verhaftung fand er *die Uhr in einem Unratkübel unter Menschenkot.*

Und zwar war er durch den harten Schlag, den der Gang der Uhr hat, wie er selbst erklärte, aufmerksam geworden.

Da meine Uhr aber nach einmaligem Aufziehen nur 36 Stunden läuft, so war es klar, dass die Uhr im Besitz anderer Personen gewesen und im letzten Moment, aus Furcht vor dem Untersuchungsrichter, in den Eimer versenkt worden war.

Unter diesen Umständen drang ich dem Untersuchungsrichter gegenüber auf die umfassendste Nachforschung, aber leider ohne Erfolg!

Die Untersuchung betrat schon im Anfang Bahnen, die unmöglich zum Ziel führen konnten. Und ich hatte leider damals noch zuwenig Kenntnis von der Strafprozessordnung, sonst hätte ich mich energischer gewehrt. Der Termin war kurze Zeit nach meiner Verhaftung. Die bei der Verhaftung zugegen gewesenen Personen waren als Zeugen geladen; auch der geschäftsführende Landrichter von Wongrowitz.

Ich hatte das größte Interesse daran, dass die Zeugenvernehmung vor den Richtern stattfand. Der geschäftsführende Richter wünschte, schon um die Kassenangelegenheiten genügend aufklären zu können, eine sehr weitgehende Untersuchung.

Nichtsdestoweniger schloss der Vorsitzende die Beweisverhandlung mit Ausschaltung der gesamten geladenen Zeugen, ohne dazu von mir, wie es die Prozessordnung doch vorschreibt, die Genehmigung einzuholen und sie protokollarisch festzulegen. Heute könnte mir so etwas nicht mehr passieren.

Der Richter hat hier offenbar unter dem Eindruck gestanden, dass, wäre er wirklich zur Zeugenvernehmung geschritten, es höchstwahrscheinlich notwendig geworden wäre, einige Zeugen aus dem Zeugenraum in die Anklagebank überführen zu lassen. Dass ihm das unter solchen Umständen, wo es sich um Beamte handelte, sehr unangenehm gewesen wäre, ist begreiflich.

Mir und meinem Genossen aber wurde dadurch jede Aufklärung und Verteidigung unmöglich gemacht.

Selbst die wichtigste Frage, ob wir auf den Gebrauch der Waffe freiwillig verzichtet hätten oder durch die Beamten an unserem Vorhaben gehindert worden seien – was bei der Strafabmessung von größter Bedeutung war –, konnte aus den vorbezeichneten Gründen nicht entschieden werden.

Ich stand nun unter dem Eindruck, dass der Gerichtshof meinen Ausführungen, wie ich sie in der Voruntersuchung zu den Akten gegeben hatte, vollständig Glauben schenkte und deshalb auf das Beweismittel der Zeugenvernehmung verzichtet hatte.

Man kann sich denken, welch eine an Entsetzen grenzende Überraschung mich erfasste, als der Staatsanwalt bei seinem Plädoyer darauf hinwies, dass wir nur durch Überraschung am Gebrauch der Waffe gehindert worden seien, und ein Strafmaß von *15 Jahren Zuchthaus* beantragte.

Auch meine Hoffnung, dass ein offenes Geständnis, das ich sowohl wie mein Genosse abgelegt hatte, uns auf Grund des Strafgesetzes zu einem milderen Urteil verhelfen würde, erfüllte sich nicht. Der Gerichtshof schloss sich nämlich dem Antrag des Staatsanwalts voll und ganz an. Der Gerichtshof hatte also ein Urteil gefällt, das nach meiner Meinung weder mit dem Strafgesetz noch mit der Strafprozessordnung in Einklang zu bringen war.

Ich hatte das Gefühl, dass durch verschiedene Umstände ein Urteil geschaffen wurde, das durch Rechtsmittel angreifbar sein musste. Leider aber wusste ich nicht, welchen Weg ich betreten oder welches Rechtsmittel ich anwenden musste, um eine Aufhebung oder Abänderung des Urteils herbeizuführen.

Ich hatte wohl dunkel davon gehört, dass man gegen ein Urteil appellieren oder Revision einlegen könne, wusste aber nicht, welchen Weg ich dazu einschlagen musste.

Nach meiner Zurückführung in die Gefängnisräume bat ich sofort um einen Gerichtsschreiber, um das erforderliche Rechtsmittel einlegen zu können. Dieser erschien jedoch erst am neunten Tag nach meiner Verurteilung, und schon am elften wurde ich in die Strafanstalt Rawitsch überführt.

∞∞∞∞∞∞∞

Rawitsch

Es sind mir neuerdings die lebhaftesten Vorwürfe darüber gemacht worden, dass ich nicht sofort und energisch gegen dieses Urteil angekämpft habe. Aber es wird dabei immer übersehen, wie ich schon mehrfach erwähnte, dass die meisten Menschen sich ebenso wenig wie ich selber mit der Strafprozessordnung vertraut machen und daher ihre Rechte und Pflichten vor Gericht nicht kennen. Außerdem sind seit der Zeit des Urteils siebzehn Jahre hingegangen, und ganz andere Anschauungen, sowohl im Kreise der Richter wie auch der anderen Rechtsbeflissenen, haben seitdem Platz gegriffen.

Heute würde ich mich in so einer Lage natürlich ganz anders zu benehmen wissen.

Außerdem war es dem Insassen einer Strafanstalt damals fast ganz unmöglich, von den ihm zustehenden Rechten Gebrauch zu machen, da er zu dem kleinsten Schritt, den er in solchen Angelegenheiten unternehmen wollte, sich erst die Erlaubnis der Direktion einholen musste. Diese aber suchte unter allen möglichen Vorwänden eine Führung des Prozesses zu erschweren.

Dieser zweite Eintritt in die Strafanstalt traf mich noch viel härter als der erste.

Meine ganze Existenz, die ich mir bis dahin unter vielen Mühen und Ringen geschaffen, war vernichtet. Die Hoffnung, noch einmal die Freiheit wiederzusehen, hatte ich nicht.

Eine Verbindung mit der Außenwelt, mit meiner Familie suchte ich nicht. Was sollte ich denn noch? ... Ja, ich wünschte selbst jede Spur, die zu mir führen und meinen Aufenthaltsort verraten konnte, zu verwischen, um den Meinen nicht neuen Kummer zu bereiten.

Ich stand jetzt ganz für mich allein.

Es bedurfte einiger Zeit, bis ich mich soweit gefasst hatte, dass ich mich in meine neue Umgebung schicken konnte. Ich wäre auch vielleicht dem bösen Geist, der in der Anstalt herrschte, erlegen und versumpft, wenn mir nicht doch auch hier wieder so manches als Gegengewicht gegen die Schäden gedient hätte, die für einen auf längere Zeit Inhaftierten unvermeidlich sind.

Zunächst war es meine Arbeitsstellung im Hause.

Der Unternehmer, der damals den Betrieb in der Fabrik hatte, erkannte in mir bald den tüchtigen Maschinisten und überwies mir die in seinem Betriebe angestellten Leute zur Bedienung resp. Beaufsichtigung.

Dadurch wurde zunächst meine Stellung zu meinen Mitgefangenen eine ganz andere, als das sonst der Fall zu sein pflegt.

Es ist in einem solchen Betrieb der Maschinist die Seele der ganzen Arbeit. An seinem Platz kommen alle Fehler, die von den Vorarbeitern gemacht werden, ans Tageslicht, und es hängt von seiner Aufmerksamkeit der Wert der in der Fabrik erzeugten Ware ab. Er darf, wenn er dem Inhaber des Betriebes nicht selbst Schaden zufügen oder zufügen lassen will, fehlerhafte Sachen nicht weitergeben. Daher wird er von vielen gefürchtet, die ein Interesse daran haben, dass die hergestellte Arbeit mit ihren Mängeln nicht einer zu strengen Kontrolle unterzogen wird.

Es kommt nun dazu, dass in einem solchen Haus neben dem Zeitverlust und der nochmaligen Arbeitsleistung auch bald die Disziplinarstrafe eintritt. Da ist es denn sehr begreiflich, dass große Ruhe und viel Takt dazu gehören, weder nach oben noch nach unten anzustoßen.

Mir ist das im Allgemeinen gelungen. Und wenn meine Mitgefangenen auch in mir den strengen Kontrolleur sahen, der Fehlerhaftes entschieden zurückwies, so sind doch niemals Disziplinarstrafen gegen sie auf meine Veranlassung verhängt worden.

Ja, sie hatten bald die Überzeugung gewonnen, dass, wenn ich ihnen irgendwie helfen konnte, es auch von meiner Seite aus in bereitwilligster Weise geschah.

Diese Reserve meinen Mitgefangenen gegenüber brachte aber auch das Angenehme für mich mit, dass mich die Beamten, mit denen ich zu tun hatte, mit einer gewissen Rücksicht behandelten. Sie sahen eben ein, dass, wenn ich auch streng auf saubere Arbeit hielt, ich doch nie parteiisch handelte oder mich gar zu Verleumdungen oder Verdächtigungen herabließ. Ja, ich genoss wiederholt das Vertrauen, dass man in strittigen Fällen auf mein Wort hörte.

Minder günstig gestaltete sich mein Verhältnis zu dem Anstaltsgeistlichen. Dieser hielt mich, da ich bei meinem Eintritt in die Anstalt in einer Unterredung mit ihm mich frei und ruhig äußerte, für einen Sozialdemokraten. Das hatte für mich nun weniger Bedeutung.

Als er aber auch seine spezielle Domäne, die Seelsorge, berührte, wurde es doch etwas peinlich.

Er stellte sich zu mir auf den Standpunkt eines Konfirmandenlehrers, der den Schülern Religionsunterricht gibt, übersah aber dabei leider, dass ich ihm an Jahren überlegen war und mir auch durch Nachdenken über religiöse Fragen bereits ein selbstständiges Urteil gebildet hatte.

Wie ich nun das herkömmliche Beweismaterial, das wohl einem gläubigen Kind, aber einem gereiften Mann nicht genügen kann, in seiner ganzen Haltlosigkeit klarlegte, fasste er die Sache falsch auf und kam zu der Überzeugung, ich sei ein Gottesleugner. Wenn ich auch innerlich darüber lächelte, so war es mir doch peinlich, bei dem sonst sehr gebildeten Mann eine solche Beschränktheit zu finden.

Ich bemerkte wohl, dass, trotzdem wir fünf Jahre lang in angenehmer Weise miteinander verkehrten und der Geistliche mir stets mit sichtlichem Wohlwollen und Zutrauen entgegenkam, doch die Schranken, die unsere erste Unterredung zwischen uns aufgerichtet hatte, durchaus nicht fallen wollten. Es hat mir das wirklich leid getan, und der Pastor war sichtlich überrascht und erfreut, als ich ihm bei seinem Abschied noch einen besonderen Besuch machte.

Er erklärte mir aus freien Stücken, andere, die ihm freundlicher gegenübergestanden, hätten einen derartigen Besuch bei ihm nicht gemacht. Von mir hätte er es am wenigsten erwartet. Ich hatte also die Religionsangelegenheiten nur sachlich aufgefasst, während er es fünf Jahre nicht hatte übers Herz bringen können, die Sache von der Person zu trennen.

Besser gestaltete sich mein Verhältnis zum Anstaltslehrer. Für die Ergänzung seiner Kirchenchöre fehlte es ihm stets an tüchtigen Kräften. Da die Bewohnerschaft des Hauses hauptsächlich der Provinz Posen entstammte, in welcher der Kirchengesang noch verhältnismäßig wenig gepflegt wird, so waren ausgebildete Kräfte sehr selten. Mein Eintritt in den Chor war ihm deshalb sehr erwünscht. Ein Übelstand war noch, dass für den katholischen und evangelischen Chor die Mitglieder nur getrennt üben konnten. Da ich nun beim Einüben der katholischen Messen und Kirchengesänge ihm sehr behilflich sein konnte, so gestaltete sich unser persönliches Verhältnis bald sehr freundlich.

Er hatte mich sogar einige Male veranlasst, beim Gottesdienst, selbst in der katholischen Messe mitzuwirken, weil es ihm da an Kräften für den zweiten Bass mangelte. Dadurch kam ich auch dem katholischen Geistlichen näher. Wenn er den Übungen der Gesangsstunden beiwohnte, hatte er für mich allemal ein freundliches Wort.

Weiter fühlte ich mich mehr als Christ wie als Glied einer bestimmten Konfession. Und diese meine Gesinnung brachte mich auch mit den Juden, die in der Anstalt waren, in Fühlung.

So wäre ich innerlich vielleicht ganz zufrieden gewesen, wenn mir irgendwelche Beziehungen zu meiner Familie, überhaupt zur Außenwelt geblieben wären und wenn ich über das Unrecht hätte hinwegkommen können, das mir durch den Gerichtshof bei meiner Verurteilung geschehen war.

∞∞∞∞∞∞∞∞

Was ist Recht?

Ich hatte zu unserem Richterstand ein großes Vertrauen, obgleich ich durch seine gegen mich gefällten Urteile sehr schwer betroffen war; auch durch die mir so oft entgegentretenden Anschauungen meiner Leidensgefährten hatte ich mich darin durchaus nicht beirren lassen, das um so mehr, da ich die breite Erfahrung hatte, dass, wo wirklich scheinbar ungerechtfertigte Urteile vorlagen, dieselben nicht durch Verschulden der Richter, sondern der Zeugen, die ihre manchmal ganz unmöglichen Beobachtungen und Erfahrungen dem Richter in der glaubwürdigsten Weise vortragen, herbeigeführt waren.

Aus diesem Grund glaubte ich auch, dass der Gerichtshof in meinem Fall durch die von den Zeugen in der Voruntersuchung gemachten Aussagen zu seinem Urteil gelangt sei. Mein größter Wunsch war, eine Revision meines Prozesses herbeizuführen; aber wie? Aus meiner Abgeschlossenheit heraus hatte sich meiner allmählich eine Stimmung bemächtigt, die mich für die Außenwelt ganz absterben ließ. Der Gedanke, was fernerhin aus mir werden sollte, kam mir kaum noch. Und wenn es geschah, so erschien er mir als etwas, das ich weit von mir wies.

Da trat eine Begebenheit ein, die mich aufrüttelte.

Es wurde von Liegnitz bis zur russischen Grenze eine Bahn gebaut, und eine Abteilung Soldaten des Eisenbahnregiments besorgte den Oberbau für die Strecke. Sie wurde während dieser Zeit in Rawitsch einquartiert. Eines Sonntags machten die Offiziere einen Rundgang durch die Räume der Anstalt; auch der Saal, worin ich mich aufhielt, wurde von ihnen betreten.

Einer der Offiziere, ein Oberleutnant, den zunächst die vielen Maschinen interessierten, zwischen denen ich stand, trat an mich heran und unterhielt sich einige Zeit mit mir.

Ich weiß nicht, was ihn eigentlich veranlasste, mir seine Teilnahme zuzuwenden. Er fragte mich, wie lange ich noch hätte?

Heute noch sehe ich den entsetzten Blick des Offiziers, mit dem er mich maß, als ich ihm sagte: »Fünfzehn Jahre!«

»Ja, mein Gott, was haben Sie denn eigentlich verbrochen?«

Und als ich ihm in kurzen Zügen den Sachverhalt erklärte, dachte er einen Augenblick nach. Dann gab er mir den Rat, noch einmal den Weg des Rechtes zu versuchen.

Tagelang dachte ich darüber nach. So lag ich auch sinnend eines Abends auf meinem Bett, als die Mannschaften des Eisenbahnregiments von ihrem Arbeitsplatz heimkehrten und aus voller Kehle und frischer Brust heraussangen:

»Wie ein stolzer Adler schwingt sich auf das Lied!«

Ach, ich hatte es auch so oft in der Freiheit, im Kreise froher Menschen gesungen ... und nun? ... Wie ein Blitz weckte mich dieser Gesang aus meiner Lethargie. All das Schöne, was die Freiheit einem Menschen bringt und dem Gefangenen versagt, zog im Flug an meinem Geist vorüber. Und ich beschloss, dem Rat des Leutnants zu folgen und zu kämpfen! Vielleicht könnt‘ ich mir noch einen Teil des Verlorenen zurückgewinnen! ...

Schüchtern, tastend tat ich die ersten Schritte in dem Prozess, der sich jahrelang hinzog.

Es ist nichts ermüdender als das Hangen und Bangen im Kampf gegen rechtskräftige Strafurteile, besonders wenn dieser Kampf von einem des Rechts Unkundigen geführt wird!

Mitten in dieser Kampfeszeit besuchte mich der Oberstaatsanwalt für die Provinz Posen. Ich weiß nicht, von welcher Seite er von meinem Prozess Kenntnis hatte, genug, er ließ mich vorführen.

Ich sehe noch das eigentümliche Gesicht, als ich ihm auf seine Frage, wofür ich bestraft sei und in welcher Höhe, meinen Fall vorlegte und mit dem Schluss »15 Jahre« endete.

»Na, da habt ihr wohl einen dabei totgeschlagen?«, war die weitere Frage.

Auch er konnte es nicht glauben, dass für diese eine Straftat 15 Jahre Zuchthaus verhängt werden konnten.

Ich will mich auf die einzelnen Phasen des von mir geführten Prozesses nicht einlassen. Aber es ist belehrend, wie die Strafkammer in Gnesen in jedem Schreiben, das sie als Antwort auf meine Eingabe mir zuschickte, immer auch gleichzeitig einen neuen Angriffspunkt gegen sich selbst und ihre Schlussfolgerung niederlegte und mir so ungewollte Aufklärung gab.

Ich habe sie tatsächlich von Position zu Position gedrängt und sie zu der Schlusssentenz genötigt, dass nur in einem Strafantrag gegen den Gerichtshof in corpore wegen bewusster Rechtsbeugung ein Ausweg für mich zu finden sei.

Es wird jedem einleuchten, wie schwer es ist, einen Gerichtshof auf diese Beschuldigung hin zur Verantwortung zu ziehen. Ich entschloss mich aber doch dazu, und so begann der Kampf noch einmal.

Auch hier habe ich die Gründe, die der Gerichtshof zu seiner Entschuldigung und Rechtfertigung vorbrachte, widerlegt, das Oberlandesgericht aber zu der Schlussschrift genötigt – die mir, vom Oberlandesgerichtspräsidenten und dem Oberstaatsanwalt unterzeichnet, zugestellt wurde –, dass mein Gesuch zur Erhebung eines Strafantrages gegen den Gerichtshof nicht genügend begründet sei.

Wie schwer muss eigentlich das Beweismaterial sein, um einen Gerichtshof wegen bewusster Rechtsbeugung zur Verantwortung zu ziehen?

Der Rechtsweg war für mich somit verschlossen, und ich konnte auf keine Hilfe rechnen. Da setzte sich in mir der bittere Entschluss fest, mich selbst an den Richtern persönlich zu rächen.

Mein Kampf, den ich gegen die Gerichtsbehörde geführt, hatte die Teilnahme vieler Ober- und Unterbeamten erweckt, und so blieb es ihnen nicht verborgen, in welche gereizte Stimmung ich mich hineingearbeitet hatte.

Da sie meine Tatkraft und Entschlossenheit aus dem langen Umgang mit mir zur Genüge kannten und mit Recht annehmen durften, ich würde meinen Entschluss nach meiner Entlassung auch ausführen, so gaben sie sich die erdenklichste Mühe, mich in Privatunterhaltungen von meinem Vorhaben abzubringen.

Ich wurde denn auch ruhiger und versöhnlicher gestimmt und begann, mich allmählich wieder mit meiner Zukunft zu beschäftigen.

Wie ich früher erwähnt, hatte ich die Verbindung mit meiner Familie nicht gesucht. Als ich aber etwa zehn Jahre verbüßt, fiel mir dieses Verlassensein doch schwer, so dass ich beschloss, mir wenigstens Nachrichten auf Umwegen von meinen Schwestern zu verschaffen.

Ich verzichtete von Haus aus darauf, mit ihnen in brieflichen Verkehr zu treten, und so beauftragte ich den Anstaltsgeistlichen, bei dem Einwohnermeldeamt zu Köln, wo, wie ich wusste, meine Schwester zuletzt polizeilich gemeldet war, Nachrichten einzuholen. Der Versuch war nicht vergeblich, und ich bekam die genaue Adresse.

Darauf bat ich den Direktor der Anstalt, mir einen leeren Briefbogen, d. h. einen Bogen ohne Anstaltsstempel zu verabfolgen. Ich legte ihm die Gründe zu dieser Bitte klar, er schlug sie mir ab.

Ich meine, jeder Unbefangene wird diese Handlungsweise des Direktors unter solchen Umständen abfällig beurteilen.

Erst nach zwei Jahren, als der Direktor seinen Urlaub genoss, erfüllte mir sein Stellvertreter meine abermalige Bitte. So war ich in der Lage, meine Schwester wenigstens davon zu benachrichtigen, dass ich noch lebe.

Meine eigene Adresse hatte ich in dem Brief nicht angegeben, so war der Zweck meines Schreibens erreicht, ohne dass meine Schwester ihren Familienangehörigen gegenüber in Verlegenheit kam.

∞∞∞∞∞∞∞

Ein gehetztes Wild

Ich hatte mir vorgenommen, gar nicht erst eine Anstellung in einem Betrieb innerhalb des Deutschen Reichs zu suchen, sondern vielmehr direkt entweder nach Österreich-Ungarn oder Russland zurückzukehren.

Um diesen Plan ausführen zu können, bedurfte ich eines Passes. Nach den mir bekannt gewordenen Bestimmungen hätte mir das Landratsamt Rawitsch einen Pass verabfolgen müssen. Auf meine Eingabe dahin wurde ich ablehnend beschieden, ohne Angabe der Gründe. *Der Pass wurde mir verweigert!*

Ich wandte mich nun weiter rückwärts an meinen letzten Aufenthaltsort in Posen. Auch das Polizeipräsidium in Posen verweigerte mir den Pass ohne Angabe eines Grundes. Hierauf wandte ich mich an meinen Geburtsort in Tilsit. Und hier, ebenfalls ohne einen Grund anzugeben, verweigerte man mir den Pass zum dritten Mal! Ich suchte bei der Strafanstaltsdirektion um Auskunft darüber nach, warum mir denn der Pass verweigert würde, und die Direktion erklärte mir, sie könne sich den Grund auch nicht erklären.

Kurz vor der Entlassung suchte ich nun um die Fürsorge für »entlassene Gefangene« nach. Auch sie wurde mir abgelehnt! Schließlich wandte ich mich an den Geistlichen der Anstalt, und durch diesen erhielt ich eine Stellung als Maschinenmeister im Betrieb des Hofschuhmachers Hillbrecht in Wismar in Mecklenburg. Hierzu muss ich bemerken, dass *vor* der Entlassung ein behördlicher Briefaustausch zwischen dem Ort, an welchem der Gefangene eintrifft, und der Abgangsanstalt stattfindet.

Die Behörde in Wismar hatte also immer Zeit, wenn sie irgendwelchen Anstoß an meinem Zuzug in ihren Ort nahm, sich mit der Anstaltsdirektion in Verbindung zu setzen resp. den Zuzug abzulehnen. Nichts von alledem geschah.

Ich wurde mit den notwendigen Papieren für Wismar versehen und aus der Anstalt entlassen.

Am Morgen der Entlassung übergab mir der Hausvater der Anstalt die näheren auf meinen Prozess bezüglichen Briefe und Entscheidungen, die mir so schweren jahrelangen Kummer und Sorgen bereitet hatten. Ich stand vor der Entscheidung, ob ich den alten Streit begraben oder unversöhnt in die Freiheit zurückkehren wollte. Das Erstere zog ich vor! Mit einem Schritt trat ich zum lodernden Ofen. Ein Wurf versenkte das Aktenbündel in die Flammen. Fünf Minuten später öffneten sich mir die Tore zur Freiheit.

Wohl kaum ist jemals ein Mensch mit festerem Entschluss, sich den Forderungen der Gesellschaft in allen Dingen anzubequemen, der Freiheit entgegengegangen!

Ich traf am 13. Februar 1906 in Wismar ein, betrat mit einem gewissen Zagen den Laden und die Geschäftsräume meines zukünftigen Brotherrn. In anheimelnder Weise wurde ich aufgenommen, zunächst mit Speise und Trank erquickt, mir ein eigenes Zimmer angewiesen und gleich die Mitteilung gemacht, dass ich mich vollständig als zur Familie gehörend betrachten sollte.

Nach einer guten Stunde besorgte ich die notwendigen Anmeldungen auf dem Polizei- und Gewerbeamt. Dabei wurde mir noch besonders erklärt, dass ich von Seiten Wismars keine Belästigung durch die Polizeiorgane erfahren sollte. So wurde mir wirklich leicht ums Herz. Als ich nach Hause gekommen und mich umgekleidet, wurde ich durch meinen nunmehrigen Chef in die Geschäfts- und Fabrikräume geführt und dem Personal als Maschinenmeister vorgestellt.

Auf mich wartete viel Arbeit, denn der Maschinenbetrieb stand dort noch in den Anfängen, und Herr Hillbrecht machte bald die Erfahrung, dass er in mir eine zuverlässige Kraft gefunden hatte.

Noch an demselben Abend besprachen wir im engen Familienkreise das weitere Geschäftliche, das zu beiderseitiger Zufriedenheit von uns in einem gesunden Abkommen festgelegt wurde. Somit war ich in den Arbeits- und Familienkreis aufgenommen.

Besonders gut verstand ich mich schon nach kurzer Zeit mit dem ältesten Sohn meines Brotherrn, der seinen Vater in jeder Beziehung vertrat. Er hatte auch schon sein Brot in der Fremde gesucht, war, was Fabrikation und Betrieb anbetrifft, sehr gut ausgebildet und erfreute sich in seinem Heimatort eines vorzüglichen Rufs.

Seinem Vater gegenüber hatte er einen sehr schweren Stand. Dieser war, was man einen Selfmademan nennt, und wenig geneigt, die modernen Umänderungen in seinem Betrieb vorzunehmen, wie sie ein flotter amerikanischer Betrieb notwendig macht. Er wollte meist am unrechten Ort sparen. Wenn durch seine Hartköpfigkeit etwas vorbeigelang, so schob er stets die Verantwortung dafür auf die Schultern seines Sohnes.

Ich konnte dem Vater nun aus Gründen der Wahrhaftigkeit und Nützlichkeit durchaus nicht immer recht geben, sondern musste mich oft auf die Seite seines Sohnes stellen. Und es ist gewiss ein gutes Zeugnis für alle Beteiligten, dass diese sachlichen Auseinandersetzungen niemals zu persönlichen Misshelligkeiten führten. Wir legten gewissermaßen, wenn wir abends die Geschäftsräume verließen, alles, was zum Geschäft gehörte, ab,

66

und es entspann sich dann ein schönes, heiteres Familien- und Gesellschaftsleben, wie es in den besseren mecklenburgischen Familien so sehr geschätzt wird.

An mich trat bald auch, wie überall, die Kommunalbehörde mit ihren Steuerforderungen heran. Zunächst die Stadt mit ihrer Stadtkommunalabgabe, dann auch der Staat mit seiner Staatskontribution. Ich habe die Forderungen stets in ordnungsmäßiger Weise berichtigt, die Staatssteuer sogar bis einschließlich 30. September 1906.

Die Polizeibehörde hat indessen ihr Versprechen, das sie mir gegeben, nicht gehalten, sondern ist durch ihre unnötigen Nachfragen bei meinem Chef sehr lästig geworden.

Nur das gute Verhältnis, in dem ich zu der Familie und den übrigen Bewohnern Wismars stand, hatte es verhindert, dass nicht rein aus diesen Nachfragen eine Störung meines Aufenthalts in Wismar stattfand.

Während meines Aufenthalts habe ich auch an meine Schwester nach Köln geschrieben. Ihr Geburtstag fiel gerade in diese Tage, und obwohl sie von Köln verzogen war, hat mein Brief sie doch erreicht.

In ihrem Antwortschreiben bewegten Inhalts teilte sie mir in gedrängter Kürze mit, wie es ihr in der Zeit, wo wir uns nicht mehr gesehen und geschrieben hatten, ergangen war. Ein weicher, warmer Ton durchwehte ihren Brief. Die alte, dreißig Jahre schlummernde Geschwisterliebe war doch wieder zum Durchbruch gekommen, und der Brief hat mir damals sehr wohl getan.

Auch jetzt bin ich meiner Schwester nicht durch Darlegung meiner Leiden lästig gefallen. Ich wünschte durchaus nicht, sie in den Augen ihres Mannes und ihrer Kinder durch den Inhalt meiner Briefe und durch die daraus sich ergebenden Schlüsse herabzusetzen. Mir war genug, dass ich noch eine Schwester hatte und dass sie an mich dachte.

Wohl hoffte ich im Stillen auf eine Unterstützung durch meine Cousine, die unverheiratet geblieben und, wie ich glaubte, im Besitz eines beträchtlichen Vermögens war. Aber ich scheute mich, sie um etwas anzugehen.

Ich glaubte mich ja in Wismar geborgen. Und da meine Bedürfnisse verhältnismäßig gering sind, lag bei mir auch eigentlich keine Veranlassung vor, irgend eine Hilfe zu erbitten.

Da kam, allen unerwartet, plötzlich mein Ausweisungsbefehl aus Wismar!

Meine Aufführung in Wismar war, wie ja auch später von behördlicher Seite bekundet, durchaus einwandfrei. Dessenungeachtet erfolgte meine Ausweisung aus Wismar und den mecklenburgischen Staaten.

Verkündet wurde mir dieselbe nicht durch den Polizeisekretär, sondern durch einen uniformierten Beamten *ohne Angabe des Grundes*.

∞∞∞∞∞∞∞

Kein Erbarmen!

Hier beginnt eigentlich schon der Tag von Köpenick! Der mecklenburgische Staat hat von mir die Staatssteuer für die Zeit bis zum 30. September 1906 erhoben. Ich glaubte deshalb den Schutz und die Nutznießung seiner Einrichtungen für diese Zeit auch für mich in Anspruch nehmen zu dürfen. Deshalb fühlte ich mich durch die Ausweisung schwer verletzt.

Vorläufig aber wollte ich noch einmal versuchen, ob nicht für mich an einem anderen Ort sich ein neuer Wirkungskreis erschließen würde.

Da machte ich denn zunächst eine Reise nach Prag. Von meinen alten Freunden fand ich niemand mehr vor, aber der Betrieb, in dem ich seinerzeit gearbeitet hatte, existierte noch, und die Verhandlung, die ich wegen Wiedereinstellung anknüpfte, führte anscheinend zu einem guten Resultat – wenn nur das eine nicht gewesen wäre, dass ich mich unmöglich in Prag anmelden konnte.

Ich fuhr zunächst nach Breslau, von dort nach Berlin, aber auch hier ohne Erfolg. Als ich wieder von Berlin nach Hause, d. h. nach Tilsit fahren wollte, fiel mir ein, mich doch einmal nach dem Verbleib meiner älteren Schwester zu erkundigen. Ich begab mich also auf das Einwohnermeldeamt. Dort erhielt ich die erfreuliche Mitteilung, dass meine Schwester in Rixdorf wohne und an einen Buchbinder verheiratet sei.

Ich flog mehr als ich ging die Treppen hinunter und eilte, so schnell ich konnte, nach Rixdorf hinaus. Hier fand ich nach fünfundzwanzig Jahren meine Schwester wieder. Natürlich hatten wir uns viel zu erzählen. Ich vermied es jedoch, sie über die wunden Punkte in meinem Leben aufzuklären. Wozu auch?! Sie hatte ihr bescheidenes Auskommen, konnte mir aber gewiss nicht helfend beispringen. Nachdem ich einige Tage bei ihr geweilt, besuchte ich meine Heimat. Mit Mühe erfragte ich den Aufenthalt meiner Stiefmutter.

Es war ja jetzt 17 Jahre her, dass wir nichts mehr voneinander gesehen und gehört hatten. Hier fand ich Tränen. Mein Vater war vor 10 Jahren, und mein Stiefbruder vor 17 Jahren, kurz nach meinem Besuch, gestorben. Notdürftig schleppte sich die Frau durchs Leben, von dem früheren Wohlstand unserer Familie war ihr nichts geblieben als die Erinnerung.

Bei einem Besuch meiner Verwandten wurde mir mitgeteilt, dass auch die Polizeibehörde in Tilsit sich's hatte angelegen sein lassen, kurz vor meiner Entlassung aus der Anstalt Rawitsch mein Bestreben, mir einen Pass zu verschaffen, unter die Leute zu bringen.

Da so auch auf Arbeit in Tilsit nicht zu rechnen war, beschloss ich zunächst, noch einmal Potsdam aufzusuchen. Und weil ich mein Geld nicht ganz aufbrauchen wollte, entschloss ich mich zu der verhältnismäßig niedrigsten und schwersten Arbeit: Ich habe damals in Potsdam Kohlen abgetragen.

Ich glaube, auch dadurch habe ich bewiesen, dass ich keineswegs zu den arbeitsscheuen Leuten gehöre. Leider waren meine körperlichen Kräfte den Anstrengungen nicht gewachsen. Mein Rücken war vollständig wund gedrückt, eine rohe, blutige Masse, so dass mir meine Kleidungsstücke darauf klebenblieben. Ich musste die Beschäftigung einstellen.

An einem Sonnabendabend fuhr ich wieder zurück nach Berlin, und es glückte mir gleich am Sonntagmorgen, in einer

Schuhfabrik in der Nähe des Schlesischen Bahnhofs als Maschinist Stellung zu finden.

Nun hatte ich zwar Arbeit, aber wie sollte es mit der Anmeldung werden? Ich wohnte zunächst in der Nähe meines Arbeitsplatzes in der Herberge zur Heimat. Aber das ließ sich auf die Dauer nicht durchführen. Erstens musste ich früher aufstehen, um rechtzeitig auf meinen Arbeitsplatz zu kommen, und dann würde es aufgefallen sein, wenn ich bei meinem Einkommen in der Herberge wohnen geblieben wäre. Da ich nun wusste, dass Berlin in der Aufnahme von »Entlassenen« sehr vorsichtig ist, so wollte ich sehen, ob ich nicht von Rixdorf aus, indem ich dort Wohnung nahm, rechtzeitig in Berlin zur Arbeitsstätte eintreffen konnte.

Ich fuhr also zu meiner Schwester, um mit ihr Rücksprache darüber zu nehmen. Das Ergebnis war, dass sie mich aufforderte, zu ihr hinauszuziehen. Dieses Anerbieten war mir natürlich sehr angenehm, hatte ich doch in meinen Mußestunden einen richtigen Anschluss, und Schwesterhände sorgen auch in anderer Beziehung besser als fremde.

Zudem hatte sie auch keine Kinder bei sich, ihr Mann lebte als Privatier, so dass für alle Teile viele Annehmlichkeiten herauskamen. Ich hatte nur große Furcht, dass die Polizeibehörde in Rixdorf mir auch Schwierigkeiten machen würde. Doch darauf musste ich es jetzt ankommen lassen. Meine Anmeldung fand in ordnungsgemäßer Weise statt, und zunächst wurde ich nicht weiter behelligt. Etwa nach 14 Tagen wurde ich auf das Revierbüro geladen, weil jeder Zuziehende über seine Familie und sonstigen Verhältnisse Auskunft zu geben hat.

Bei dieser Protokollierung meiner Angaben erfuhr ich nun, dass die Berliner Behörde über meine Ausweisung bereits unterrichtet war, und der protokollierende Beamte meinte bedauernd, dass wohl auch in Berlin der gleiche Fall eintreten würde. Ich wies darauf hin, dass ich in einem festen Arbeitsverhältnis stände, dass ich bei meiner Schwester wohnte, deren Mann unbescholten wäre – alles blieb ohne Einfluss!

Vier Wochen später wurde ich aus Berlin ausgewiesen!

Aber Berlin gab mir für sich und die dreißig im Ausweisungsbefehl angeführten Ortschaften vierzehn Tage Zeit.

∞∞∞∞∞∞∞

Wie ich auf die Idee kam

Ich ließ nun zunächst diese Zeit ruhig verstreichen und bemühte mich um einen neuen Arbeitsplatz.

Hinsichtlich dessen hatte ich mich nach auswärts gewandt. Pirmasens, Prag und Münchengrätz boten mir annähernd gleiche Offerten. Pirmasens sogar noch etwas höhere. Aber was nützte mir das, hatte ich doch zwei Ausweisungen im Deutschen Reich erhalten, da konnte ich unmöglich erwarten, dass sich die bayerischen Behörden, einem preußischen Untertan gegenüber, in einem solchen Falle rücksichtsvoller erzeigen würden als die eigenen Landesbehörden. Für Böhmen kam nun noch hinzu, dass eine Niederlassung ohne gültigen Pass für einen Ausländer überhaupt gänzlich ausgeschlossen ist. Mein künftiges Wohl und Wehe knüpfte sich daran, dass ich mich in den Besitz eines Passes setzte.

Während meines Aufenthalts hatte meine Schwester mich mit einer Frau bekannt gemacht, von der sie glaubte, es sei für mich zweckdienlich, wenn ich mich mit ihr verheiratete. Es wäre vielleicht möglich gewesen, wenn die Behörde mir damals freundlicher entgegengekommen wäre, dass diese geplante Heirat zustande kam.

Allerdings hätte ich eine schwere Last damit auf meine Schultern geladen. Zu der Familie gehörte nämlich ein fünfjähriger Knabe, der sozusagen auf der Straße aufgewachsen war, alle die Unarten eines Straßenjungen an sich hatte und den doch seine Mutter so verzog, dass schon ein harter Blick, mit dem man die Unarten ihres Lieblings rügte, sie auf das Äußerste erregen und erbittern konnte. Hätte ich damals geheiratet oder täte ich es heute, so wären täglicher Hader und Streit die unausbleiblichen Folgen. Das ist ihr und auch mir zur Genüge klar geworden, und ich kann es nur tief beklagen, dass seinerzeit in einem Teil der Presse dahingehende Nachrichten verbreitet worden sind.

In jenen Tagen las ich in einer Zeitung einen Artikel, der die Ausweisungsklage behandelte. Darin wurde ausgeführt, dass selbst eine ganz geringe Vorstrafe der Polizeibehörde dazu dienen könnte, der bestraften Person den Aufenthalt in ihrem Ort zu erschweren oder ganz unmöglich zu machen. Wobei man gar nicht daran zu denken brauchte, dass ein Beamter pflichtwidrig das ihm amtlich zur Kenntnis Gekommene auf privatem Wege weiterverbreitet. Dieser Artikel ließ mich nicht wieder los. Und ich kam zu der Erkenntnis, dass ich mich auf jeden Fall in den Besitz einiger Passformulare setzen müsse.

Nur ist mir hier ein großer Irrtum passiert.

Meinen ersten Pass hatte ich nicht von der Polizeibehörde erhalten, wie ich glaubte, sondern das Landratamt hatte ihn mir ausgestellt. Es schrieben damals zwei Brüder, Schulkameraden von mir, der eine im Büro der Polizeiverwaltung, der andere im Sekretariat des Landratamtes.

Ich hatte mir damals von dem einen Bruder den Ausweis ausfüllen lassen, und der andere Bruder hatte mir den Pass ausgestellt, und das war mir im Laufe der Jahre entfallen. Ich glaubte, dass die Passformulare in dem Sekretariat der Polizeiverwaltung aufbewahrt würden, und beschloss demgemäß, mir dieselben aus irgendeinem zugänglichen Büro zu holen.

Die Frage drehte sich nur noch um das Wie und Wo.

Ich hatte zwei Möglichkeiten: entweder mittels nächtlichen Einbruchs mir Zugang in die Büroräume zu verschaffen, um die

Spinde und Fächer einer Durchsicht zu unterziehen, oder aber durch einen Gewaltakt, wie ich ihn schließlich ausgeführt habe, am hellen Tage die Behörde einfach festzulegen und dann das zu nehmen, was ich brauchte und was man mir versagte. Ich hatte mich bereits auf den Standpunkt gestellt, dass ich nun auch meinerseits gar keine Veranlassung hatte, den Behörden mit irgendwelcher Rücksicht zu begegnen. Auch über das Wie hatte ich mir meine Gedanken gemacht.

Der Plan meiner Köpenickiade begann in mir zu reifen!

Außerdem musste ich mit Recht annehmen, dass, nachdem ich zwei Ausweisungen hinter mir hatte, auch die nachfolgenden Orte, die ich aufsuchte, mit der gleichen Rücksichtslosigkeit gegen mich verfahren würden. Wenn vielleicht heute einer oder der andere sagen würde, »Nein, das wäre nicht geschehen!«, so ist das wertlos, denn was mir damals widerfuhr, das ist schon vor Jahren Tausenden geboten worden, ohne dass sich je eine Hand oder ein Fuß zur Hilfe gerührt hätte. Und nun kommt die Frage: »Wie sind Sie nun eigentlich auf die Idee gekommen?« ihrer Beantwortung schon etwas näher.

Ich hatte analoge Vorgänge, wie sie der »Tag von Köpenick« bietet, schon aus der Geschichte kennengelernt.

Ich erinnere mich an den Großen Kurfürsten, der auch den Bürgermeister von Königsberg in der Nacht von seinen Trabanten aufheben und nach Brandenburg schaffen ließ, wo er, wenn ich nicht irre, 28 Jahre in der Gefangenschaft verbringen musste. Auch an die Geschichte des Michael Kohlhaas dachte ich, der vielleicht den bekanntesten Typ des Rechtsbrechers aus gekränktem Gerechtigkeitsgefühl darstellt.

Genug, ich arbeitete meinen Plan aus und habe bewiesen, dass ich der Mann war, ihn auch durchzuführen. Was soll da all das Gerede, womit man an meinem Vorgehen, ja selbst an meiner Uniform herumkritisiert?! ... Beispielsweise, ich hätte keinen Helm getragen!

Der Helm stand ruhig in meiner Wohnung auf dem Tisch. Ich hielt es aber der Sachlage nach nicht für nötig, 17 Stunden lang einen Helm auf dem Kopf zu tragen zu einer Diensthandlung, die ich bequemer in der Mütze ausführen konnte und wollte.

∞∞∞∞∞∞∞

Mein Feldzugsplan

Es handelte sich für mich lediglich darum, von wo ich mir die Mannschaft nehmen konnte oder wollte, und außerdem, wie ich am bequemsten von dem Ort der Übernahme der Mannschaft bis an den Ort der Tat gelangen konnte. Anfangs hatte ich beabsichtigt, mir ein Kommando, das vom Truppentransport zurückkehrte, von einem Bahnhof Berlins aufzunehmen und damit zu operieren.

Zu diesem Behuf hatte ich mich zunächst eines Abends auf den Schlesischen Bahnhof begeben, über welchen, wie ich wusste, sehr viele Transporte ziehen. Aber gerade an dem Abend, wo ich mich dort aufhielt, war keine Mannschaft vorhanden.

So beschloss ich denn, eine der abgelösten Wachen von dem Tegeler Schießstand zu verwenden. Dazu musste ich mir aber klar werden, welchen Ort ich heimsuchen wollte. Ich hatte die Wahl zwischen Bernau, Oranienburg, Fürstenwalde, Nauen oder Köpenick.

Ich hatte mich, um vorläufig einmal einen Überblick zu finden, bereits am Tag vorher nach Nauen begeben. Dort stieß ich denn, als ich nach Berlin zurückkehren wollte, mit dem Großen Generalstab und den Offizieren der Kriegsakademie zusammen, die an dem Tag nach Nauen gefahren waren, um sich über die Einrichtungen der drahtlosen Telegraphie zu informieren.

Einen Moment war ich etwas verblüfft, aber ich nahm die Dinge, wie sie eben waren, und so wurde auch ich nicht weiter behelligt. Nauen schien mir aber durch das dazwischenliegende Spandau zu gefährlich, und so entschloss ich mich für Köpenick, weil ich dies mit Benutzung der Bahn am schnellsten erreichen konnte.

Ich wusste, dass das Fehlen der Mannschaften in der Kaserne zunächst keine Beunruhigung hervorrufen würde, und so hatte ich vollständig Zeit, meine Absichten in Köpenick auszuführen. Dass ich mich keineswegs verrechnet hatte, beweisen die nachfolgenden Tatsachen. Mit Rücksicht darauf, dass ein spätes Verlassen meiner Wohnung den Einwohnern des Hauses auffällig erscheinen und gleich zu meiner Entdeckung führen könnte, musste ich so früh als möglich fortgehen.

So kleidete ich mich denn in meinem Zimmer an und verließ morgens gegen ¼ 4 Uhr meine Wohnung. Zunächst fuhr ich mit dem nächsten Zug um 4 Uhr früh nach Köpenick, um wenigstens das Rathaus zu sehen, kehrte aber bereits um 6 Uhr nach Berlin zurück, nachdem ich in einem entlegenen besseren Lokal gefrühstückt hatte.

Dort verweilte ich einige Stunden und begab mich in einer Droschke nach der Seestraße, stieg dort aus und machte mich mit dem Ort bekannt, wo die Wachen kampierten.

Nachdem ich mich genügend informiert, suchte ich wieder ein Gartenlokal auf, in welchem ich zu Mittag speiste. Auf dem Weg dahin hatte ich noch eine Begegnung mit einem Major der Luftschifferabteilung. Auch das bürgt zur Genüge dafür, dass die so sehr bemängelte Uniform in durchaus tadellosem Zustand war. Nachdem ich gespeist, begab ich mich etwa um ½ 12 Uhr auf den Platz, um die Wachen in Empfang zu nehmen.

Wider mein Erwarten sah ich bereits eine im Abmarsch begriffen. Wie ich später erfuhr, war es die Mannschaft von der Schwimmanstalt. Da sie nicht in ordnungsmäßiger Weise grüßte, rief ich ihr zu: »*Halt!*«

Und der Kommandierende der Wachtmannschaft ließ halten und machte mir in vorschriftsmäßiger Weise die Meldung über das Woher und Wohin!

Ich muss hierzu bemerken, dass mich dieser Gefreite nach annähernd zwei Jahren, als ich zu meiner Erholung im Kurhaus Jaegerhof bei Duisburg weilte, besuchte. Er wohnte nämlich in der Nachbarschaft in Homberg o. R. Ich fragte ihn gesprächsweise, was er sich denn gedacht hätte, als ich ihn anrief?

Er antwortete mir, er hätte geglaubt, er würde drei Tage bekommen und dadurch auch die Knöpfe verlieren, weil er mich nicht hätte sehen wollen, um mir nicht mit seinem Kommando die Achtungsbezeigung leisten zu müssen.

Ich teilte also ihm und der Mannschaft mit, dass sie jetzt nicht zur Kaserne marschieren dürften, sondern auf höheren Befehl durch mich zu einer anderen Dienstleistung kommandiert würden. Dann befahl ich dem Gefreiten, auch die zunächst gelegene Wache von dem Schießstand des 2. Garderegiments herbeizurufen. Dies geschah in kürzester Frist.

Als auch die zweite Wache herangetreten und ihr Führer die vorschriftsmäßige Meldung gemacht hatte, teilte ich ihm dasselbe mit, bestimmte den ersten Wachtkommandanten zum Kommandierenden des Ganzen, ließ ihn die Mannschaft rangieren und schließen und befahl den zweiten Kommandanten an die Queue. Darauf befahl ich den Abmarsch zum Bahnhof Puttlitzstraße.

Ich hatte mit Rücksicht darauf, dass die Mannschaft ja nicht zu der Kaserne zurückmarschieren konnte, bestimmt, dass sie sich zunächst in der ersten Bahnhofsrestauration durch ein paar Glas Bier erfrischen und dann in Köpenick zu Mittag speisen sollte. Die nötigen Barmittel dazu händigte ich dem Führer aus.

Ebenso die Fahrkarten, da ich einen Wagen nicht requirieren mochte. So ging's nach Köpenick!

In Rummelsburg musste umgestiegen werden. Da noch etwas Zeit war, traten die Mannschaften ans Büfett, um sich zu stärken. Bei dieser Gelegenheit machte ich die Beobachtung, dass sie sich in etwas breiter Weise mit der Zivilbevölkerung unterhielten.

Um für Köpenick das unmöglich zu machen, beschloss ich, ein kleines Korrektionsmittel anzuwenden, ließ der Mannschaft vorderhand aber freien Willen, obgleich ich sie hätte antreten und Gewehr bei Fuß dastehen lassen können. In Köpenick habe ich dann die Mannschaften in der Restauration zu Mittag speisen lassen. Ich hatte ihnen dazu eine Viertel Stunde Zeit gegeben, währenddessen spazierte ich auf dem Korridor des Bahnhofs auf und ab. Pünktlich trat die Mannschaft heraus.

Ich ließ zunächst vor dem Bahnhof aufmarschieren und machte die Diensteinteilung für das Rathaus. Dann ließ ich die Seitengewehre aufpflanzen, lediglich um die Mannschaft daran zu erinnern, dass sie nicht zum Vergnügen, sondern zum Dienst kommandiert sei. Es klappte alles, und ich hatte während der Dauer meines dortigen Aufenthaltes keine Veranlassung, noch einmal eine Rüge zu erteilen.

Instruktionen für die Behandlung einzelner Personen hielt ich nicht für notwendig, da ich aus Erfahrung weiß – wie sich das auch in diesem Falle wieder bestätigte –, dass ein Mann, der auch nur ein Jahr gedient hat, vollständig darüber informiert ist, wie er einen ihm zugeteilten Gefangenen zu behandeln hat.

Instruktionen zu irgendeiner gewalttätigen Handlung hatte von meiner Seite niemand erhalten. Ich wusste ganz genau, dass ich zu dem, was ich befehlen würde, unbedingten Gehorsam finden oder ihn mir jedenfalls verschaffen würde.

Später ist die Frage aufgeworfen worden, was ich wohl getan hätte, wenn nun die Bevölkerung Partei für ihre Behörde ergriffen und mich und meine Mannschaft angegriffen hätte.

Diese Frage zu beantworten ist gar nicht möglich.

Im gegebenen Augenblick würde ich eben gehandelt haben, wie es für einen Offizier in solcher Lage geboten ist!

∞∞∞∞∞∞∞

Zur Attacke marsch, marsch!!

Wir zogen also zum Rathaus, und nachdem ich dort in ordnungsmäßiger Weise die Posten hatte aufstellen lassen, verfügte ich mich in das Innere. Auf der Vortreppe begegnete mir ein Ortsgendarm, und da er augenblicklich dienstfrei war, kommandierte ich ihn sofort zum Dienst und wies ihn für alles Weitere an meinen Truppenführer, den Gefreiten.

Ich hatte bestimmt, dass die erste Wache, welche aus vier Gardefüsilieren bestand, die drei Portale mit je einem Posten zu besetzen hatte.

Der Führer der Wache, mein Truppenkommandeur, hatte zunächst das Kommando über das Rathaus und auch gleichzeitig den Ordonnanzdienst bei mir.

Ohne meine Erlaubnis durfte niemand das Rathaus betreten oder verlassen.

Ich betrat nun also das Rathaus, sechs Grenadiere und einen Füsilier hinter mir. Zunächst suchte ich das Zimmer des Sekretärs auf, das im ersten Stock lag.

Als ich die Tür öffnete, saß der Herr ruhig auf seinem Sitz. Ich teilte ihm mit, dass ich Auftrag hätte, ihn nach Berlin zur Neuen Wache zu schaffen und dass er sich demgemäß reisefertig machen möge.

Er hatte nicht viel dagegen einzuwenden, und so stellte ich ihm zwei Hüter zur Seite, die dafür zu sorgen hatten, dass ihm keine Unannehmlichkeiten zustoßen konnten.

Von hier begab ich mich in das nebenliegende Zimmer des Bürgermeisters.

Bei meinem Eintritt saß dieser hinter einem Tisch auf seinem Sessel und schien etwas überrascht. Als er meine Charge jedoch erkannte, sprang er auf. Und wie ich auch ihm mitteilte, dass ich ihn *auf allerhöchsten Befehl* nach Berlin zur Wache zu bringen hätte, war er, wie begreiflich, zunächst darüber sehr bestürzt.

Er bat mich um Aufklärung, und ich bedeutete ihm, dass er ja dort alles erfahren würde. Und als er weiter in mich drang, ihm zu seiner Beruhigung doch zu sagen, was eigentlich gegen ihn vorliege, da habe ich ihm völlig wahrheitsgetreu gesagt, ich wüsste das nicht. Er versuchte nun noch alle möglichen Ausreden und Einwendungen; als Antwort stellte ich auch ihm zwei Grenadiere vor und übergab ihn deren Hut.

In meiner ostpreußischen Heimat ist gewöhnlich der Stadtkassenrendant bekannt unter dem Namen Stadtkämmerer. Er ist dort gleichzeitig der stellvertretende Bürgermeister. Ich nahm an, dass das hier ebenso sei, und wollte den in Frage kommenden Herrn gleichfalls aufsuchen.

Auf dem Wege zum untersten Stock fiel mir aber ein, dass ich noch gar keine Polizeibeamten gesehen hatte, und um mich darüber zu informieren, wo die Herren eigentlich steckten, schritt ich den Korridor nach links ab und kam so vor das Zimmer des Polizeiinspektors. Der saß gemütlich in seinen Sessel gelehnt und schlummerte. Ich weckte ihn. Er schaute ganz verblüfft drein. Darauf fragte ich ihn, ob er denn dafür von der guten Stadt Köpenick bezahlt würde, dass er hier säße und schlummerte? Er möchte die Güte haben, sich hinauszubemühen und dafür zu sorgen, dass in den Straßen die nötige Ordnung eingehalten würde und in dem Verkehr keine Störung eintrete.

Schleunigst entfernte er sich, wurde aber von dem Posten am Portal nicht durchgelassen und kam ganz verdutzt und verstört zu mir zurück. Der Posten ließe ihn nicht hinaus, erklärte er mir und bat mich, ihn doch zu beurlauben, da er baden müsse. Da mir dies wirklich dringend nötig erschien, so bekam er seinen Urlaub. Und wie es schien, war es tatsächlich eine große Wäsche, die er veranstaltete, denn ich bekam ihn nicht wieder zu sehen.

Nachdem so auch dem Humor sein Recht geworden, trat wieder der ganze Ernst der Situation an mich heran, und ich suchte den stellvertretenden Bürgermeister auf.

Unterwegs trat ein Kassenbote an mich heran, der Geldpostsachen im Werte von etwa 1 200 Mark von der Post holen wollte. Ich ließ ihn zunächst nicht passieren, da die Angelegenheit für mich von keinem Belang war, und betrat das Kassenzimmer, in welchem ich den stellvertretenden Bürgermeister zu finden glaubte.

Es waren vier Herren in dem Zimmer, und da ich nicht wusste, welcher von ihnen der Rendant war, auch nicht alle vier verhaften wollte, so beschloss ich, sie in ihren Zimmern zu beschäftigen.

Ich ersuchte die Herren also, sich zunächst an ihre Arbeitsplätze zu begeben, denn sie waren aus Neugier zusammengetreten und besprachen eingehend die ihnen unbegreiflichen Vorgänge im Rathaus. Die Herren verfügten sich nun jeder an sein Arbeitspult, und ich fragte: »Wer ist hier der Kassenrendant?«

Darauf erfolgte von einem Platz die Antwort: »Ich!«

Ich teilte dem Herrn wie den beiden vorher Verhafteten mit, dass ich Befehl hätte, ihn nach Berlin zu schaffen, und dass er deshalb seinen Kassenabschluss machen solle. Er war zunächst auch dazu bereit, bemerkte aber, er müsse das Geld dazu von der Post haben, ich hätte seinen Kassenboten nicht durchgelassen.

»Nun, wenn Sie das Geld haben müssen, so mag er es holen!«

Ich gab Befehl, den Mann passieren zu lassen, und wollte mich eben selber entfernen, als der Rendant mir die weitere Frage vorlegte, wie ich den Kassenabschluss wünsche und in welcher Weise er das Geld aufzählen solle.

Ich antwortete ihm, mir wäre das höchst gleichgültig, er möge es so machen, dass eine Übersicht vorhanden wäre, aus der ich ersehen könne, dass die Abrechnung auch stimme.

Vor die Tür stellte ich als Posten den Gefreiten vom 4. Garderegiment, der früher das Kommando der Wache geführt hatte, und ich begab mich nun in die oberen Räume zurück, um sie etwas eingehender zu untersuchen.

Als ich die Treppe hinauf schritt, kam plötzlich der Rendant in Begleitung eines Postens hinter mir her und sagte mir: »Herr Hauptmann, ich kann den Kassenabschluss nicht machen. Ich muss dazu Befehl vom Herrn Bürgermeister haben.«

»Das brauchen Sie ja auch nicht«, antwortete ich ihm. »Wenn Sie den Abschluss nicht machen wollen, so lasse ich Sie sofort abführen und den Kassenabschluss von einem anderen Beamten besorgen!«

»Nun«, sagte er, »dann will ich es allerdings tun.«

Ich entließ ihn mit seiner Begleitung und begab mich nach oben.

∞∞∞∞∞∞∞

Der Bürgermeister von Köpenick

Da das Zimmer des Bürgermeisters nicht geschlossen war, trat ich ein, um zu sehen, was darin vorging. Hier kam mir der Herr Bürgermeister entgegen und bat mich, dass ich ihm einen Diener zur Besorgung des Gepäcks zur Verfügung stellen solle. Ich erklärte ihm, da er einen eigenen Diener nicht hatte, dass ich ihm unmöglich einen Polizeibeamten der guten Stadt Köpenick mitgeben könnte; dagegen solle sein Gepäck von meinen Grenadieren befördert werden. Dann wünschte er seine Frau zu sprechen. Auch diesen Wunsch erfüllte ich ihm.

Ich betrat wieder den Korridor und beauftragte einen Beamten, die Frau Gemahlin des Herrn Bürgermeister herabzubitten.

In wenigen Minuten war sie zur Stelle, und ich teilte ihr in höflicher Weise mit, dass ich genötigt sei, ihren Herrn Gemahl nach Berlin zu schaffen, dass sie aber, solange er noch hier wäre, ungestört und ungehindert mit ihm verkehren dürfe.

Ich führte sie nun selbst in das Zimmer zu ihrem Gatten und begab mich wieder nach unten.

Auf dem Korridor angelangt, hatte ich zunächst eine Anzahl Bescheide in Verwaltungssachen zu erledigen, denn sämtliche im Hause arbeitenden Beamten waren sehr neugierig und suchten in der Form von dienstlichen An- und Vorträgen mit mir in Verbindung zu treten, nur um mit mir bekannt zu werden.

Ich erledigte alles stehenden Fußes! Unterdessen hatte sich auch draußen eine große Volksmenge versammelt, und während ich die Posten revidierte, meldete sich auch der Oberwachtmeister des Kreises Teltow, der zufälligerweise nach Köpenick gekommen war, zum Dienst. Das kam mir natürlich sehr gelegen, denn dadurch wurde meine Position wesentlich verstärkt.

Ich war eben wieder in das Rathaus zurückgekehrt, als der Gefreite mir meldete, draußen stände wieder eine Anzahl von Herren, die in dienstlichen Angelegenheiten ins Rathaus eingelassen zu werden wünschten.

Es war, wie es sich herausstellte, der größte Teil der Stadtverordneten und Stadträte Köpenicks, die sich zu zwei getrennten Sitzungen im Rathaus einzufinden hatten. Ich wollte sie zunächst nicht eintreten lassen, aber da sie sich darauf beriefen, dass die Sitzungen unter allen Umständen abgehalten werden müssten, ließ ich sie schließlich doch durch, indem ich sie einzeln hineinzählte.

Augenblicklich ist es mir nicht mehr gegenwärtig, ob es vierzehn oder achtzehn waren.

Jedenfalls bestätigte mir der letzte Eingetretene, dass die Zahl richtig sei. Ich konnte mich doch eines innerlichen Lächelns nicht erwehren, wenn ich diesen Vorgang mit analogen auf den Gutshöfen verglich.

Als ich nun wieder zurückkehrte, meldete mir der vor dem Kassenzimmer stehende Posten, dass die Herren sich in auffälliger Weise an ihren Pulten zu schaffen machten. Das wäre doch nicht in der Ordnung.

Um zu sehen, worauf sich die Meldung bezog, betrat ich zum zweiten Male das Kassenzimmer.

Da kam der Herr Rendant auf mich zu und sagte mir: »Herr Hauptmann, ich kann doch auf Ihren Befehl den Kassenabschluss nicht machen, sondern nur auf den des Herrn Bürgermeisters!«

Hierauf erwiderte ich ihm: »Der Herr Bürgermeister ist verhaftet, ebenso wie Sie selber, und er kann Ihnen darum keine Befehle mehr geben. Die Verwaltung der Stadt ruht jetzt in meinen Händen. Für alles, was vorkommt, bin ich verantwortlich! Ich glaube deshalb, dass Sie auf meinen Befehl den Kassenabschluss doch machen werden, denn es ist doch kaum anzunehmen, dass Sie nach Berlin gehen und hier alles in der größten Unordnung zurücklassen werden!«

»Nun, dann will ich auf Ihren Befehl den Kassenabschluss machen, aber auch auf Ihre Verantwortung!«

»Die Verantwortung übernehme ich!«

Als ich mich eben umwandte, um das Zimmer zu verlassen, rief er mir noch nach: »Ja, Herr Hauptmann, dann müssen Sie aber auch die Sparkasse übernehmen, das ist auch eine städtische Kasse!«

Ich beachtete das nicht weiter und besuchte zunächst das Zimmer des Polizeiinspektors, um mich noch einmal zu überzeugen, ob ich vielleicht da einigen Anhalt für meine Recherchen fände. Aber das Zimmer war ziemlich leer, und so wollte ich wieder nach oben steigen, als mich der Stadtwachtmeister aufsuchte und sich bei mir meldete.

Nach einigen Bemerkungen, die sich auf Dienstangelegenheiten bezogen, fragte ich ihn, ob er geneigt wäre, seinen Bürgermeister nach Berlin zu transportieren, und ob ich ihn ihm anvertrauen dürfe?

Mit Feuereifer ging er darauf ein und versicherte mir seine volle Zuverlässigkeit.

Ich beauftragte ihn zunächst, von einem Fuhrhalter in Köpenick drei Wagen, womöglich gedeckt, zu beschaffen.

Kurz hinterher, nachdem ich noch verschiedene städtische Angelegenheiten erledigt hatte, kam ein junger Mann und legte mir seinen Militärpass zur Einsicht vor. Als ich dieses Büchlein in die Hand nahm, erinnerte ich mich plötzlich des Augenblicks, in welchem ich *meinen* Pass in Tilsit in Empfang genommen hatte. Ich hatte ihn nicht im Polizeisekretariat, sondern im Sekretariat des Landratsamtes empfangen und wusste nun, dass ich vergeblich nach Köpenick gegangen war.

Ein Landratsamt ist in Köpenick nicht vorhanden, sonst hätte ich sofort die ganze Geschichte im Landratsamt wiederholt.

So aber blieb mir hier nichts weiter übrig, als allmählich abzubrechen und die Mannschaft nach Berlin zurückzuschaffen, denn eine weitere Reise nach Fürstenwalde schien mir doch etwas bedenklich. Noch überlegend, wie ich jetzt weiteragieren sollte, schritt ich wieder die Treppen hinauf.

Auf dem Flur meldete mir der Posten, dass dem Bürgermeister der Kaffee gebracht worden wäre, ob er den genießen dürfe. Selbstverständlich gab ich hierzu meine Erlaubnis und betrat noch einmal sein Zimmer, um mich mit ihm ein bisschen zu unterhalten.

Darauf bat mich seine Frau, dass ich ihr gestatten möge, mit ihren Freundinnen außerhalb des Rathauses zu verkehren, ihrer Wirtschaft wegen. Auch diese Bitte gewährte ich ihr, und als sie dann weiterbat, bis zum letzten Augenblick bei ihrem Mann bleiben zu dürfen, machte ich ihr den Vorschlag, sie möge ihren Gemahl selbst nach Berlin begleiten.

Nur wünschte ich nicht, dass sie bei der Neuen Wache aussteige. Sie war darüber sehr erfreut; und um auch für das zurückbleibende Kind in genügender Weise sorgen zu können, gestattete ich ihr noch weiter den Verkehr mit einem Stadtrat, der ihre dahingehenden Aufträge in Empfang nahm.

Wie mir schien, hatte der Herr Bürgermeister während der Zeit, da ich nicht bei ihm war, die Sache nach allen Seiten erwogen. Er legte mir nämlich nach einer Einleitung die Frage vor – in Form einer Bitte –, ob ich ihm nicht beweisen wolle, dass ich zu seiner Festnahme, die doch in ungewöhnlicher Form vor sich gehe, auch berechtigt wäre.

Ich drehte mich mit einer halben Wendung nach rechts, zeigte mit der Hand auf die drei draußenstehenden Soldaten und sagte: »Nun, ich glaube, ich bin bei Ihnen doch legitimiert genug!«

Für einen Nichtoffizier ist diese Handlungsweise unverständlich und gibt Anlass zu der Vermutung, dass ich dem Bürgermeister mit den Waffen habe drohen wollen. Ein Offizier konnte in diesen Irrtum nicht verfallen, denn es waren vertreten: die Uniform des ersten Garderegiments, das nach Potsdam gehört, die Uniform des vierten Garderegiments, das in Berlin steht. Ein Offizier der Potsdamer Garnison kann aber den Befehl zu einer Diensthandlung in und um Berlin, sofern er sich der Mannschaft aus einer Berliner Garnison dazu bedienen muss, nur durch die Stadtkommandantur erhalten haben.

Mithin konnte jemand, der diese Vorschriften kannte, an meinem dienstlichen Auftrag nicht zweifeln. Ich war also dadurch allein dem Bürgermeister, der, wie ich später erfuhr, Leutnant der Reserve ist, genügend legitimiert. Ob der Herr meine Handbewegung in diesem oder in anderem Sinne gedeutet hat, weiß ich nicht. Da er ganz geknickt schien, tat er mir wirklich leid, und ich begann, ihn nach seiner früheren Lebensstellung zu befragen. Dadurch erfuhr ich, dass er Leutnant der Reserve sei. Ich sagte, um ihn zu beruhigen, dass man ihm in Berlin wohlwolle; sonst würde man nicht, um einen Leutnant zu verhaften einen Hauptmann schicken. Alsdann forderte ich ihm sein Ehrenwort ab, keinen Fluchtversuch zu machen. Er gab es mir auch bereitwillig.

Sodann verließ ich ihn wieder für einige Zeit. Als ich aber später zurückkehrte und er etwas dringlicher an mich herantrat, verwies ich dies ihm mit den Worten: »Sie wissen, Herr Bürgermeister, dass ich Sie bis jetzt sehr freundlich behandelt habe! Es täte mir leid, wenn ich anders auftreten müsste! ... Aber ich kann Sie auch härter behandeln; ich kann Sie zum Beispiel in den Keller führen und einsperren lassen!«

Das machte ihn denn doch etwas stutzig, und er ließ es denn auch nicht darauf ankommen. Mir war das sehr lieb, denn wenn ich auch meine Stellung im Rathaus – schon mit Rücksicht auf meine Mannschaft – absolut wahren musste, so wollte ich mich doch von jeder unnötigen Härte frei halten, wie mir das ja glücklicherweise auch durchaus gelungen ist.

∞∞∞∞∞∞∞

Der Kassensturz

Ich übergehe die einzelnen Szenen, die sich noch weiter im Innern des Rathauses abspielten, und bemerke nur noch, dass sich unterdessen auch ein stellvertretender Bürgermeister bei mir einfand. Das geschah so: Es hatten sich die Stadtverordneten, Stadträte und städtischen Beamten, soweit sie im Rathaus anwesend waren, auf die Gänge hinausgewagt und beobachteten aus den Winkeln heraus die weitere Entwicklung der Affäre mit der gespanntesten Aufmerksamkeit. Ich musste wiederholt die Herren darum ersuchen, sich in ihre Zimmer und an ihre Arbeit zu begeben.

Als nun wieder einmal eine solche Gruppe sich gebildet hatte, löste aus derselben sich ein Herr und ging die Treppe hinunter auf mich zu. Vor mir angekommen, stellte er sich als der stellvertretende Bürgermeister vor und wünschte zu wissen, ob ich nicht irgendwelche Aufträge für ihn hätte.

Ich zog die Briefe, die ich eröffnet und gelesen hatte, aus der Tasche und überwies sie ihm zur weiteren Bearbeitung. Auf seine Frage, ob ich denn von allem Eingehenden Kenntnis nehmen würde, sagte ich: »Natürlich, solange ich hier bin, geht alles durch meine Hände!«

»Haben Sie sonst noch etwas zu befehlen, Herr Hauptmann?«

»Nein, wenn ich Sie brauche, werde ich Sie rufen lassen, jetzt können Sie gehen!«

Er kehrte zu den Herren zurück und stattete, wie mir schien, Bericht ab.

Unterdessen hatte mir der Stadtwachtmeister die Meldung gemacht, dass die Wagen da wären.

Ich beschloss, das Spiel zu beenden, indem ich den Bürgermeister und den Rendanten nach Berlin abführen ließ. Das tat ich aber, um der Mannschaft den Weg nach Berlin frei zu halten, da ich selber nicht bei ihr bleiben, auch nicht vorauswissen konnte, was in meiner Abwesenheit passierte.

Um alles unnötige Aufsehen zu vermeiden, hatte ich die Kutschen in den Hof des Rathauses hineinfahren lassen. Ich stieg die Treppe hinunter und kümmerte mich nicht weiter um das Einsteigen, sondern überließ die Aufsicht dem dort postierten Grenadier.

Ich selbst begab mich ins Kassenzimmer, um auch dem Rendanten die Bestimmung über seine Abreise mitzuteilen. Zu meinem Erstaunen trat er auf mich zu und bat mich, an den Tisch zu treten, auf dem er die Tageskasse im Betrage von 4 000 Mark aufgezählt hatte. Dabei ersuchte er mich, ich sollte die Kasse übernehmen!

Ich war ganz erstaunt darüber, denn ich hatte mit keinem Worte und mit keiner Silbe geäußert, dass ich die Kasse übernehmen wollte. Sie wäre ohne diese Übergabe ruhig in Köpenick geblieben. Darauf legte mir der Rendant einen Schein vor und bat mich, denselben zu unterschreiben.

Sowohl der Rendant wie ich waren über den Zweck dieses Scheines der gleichen Ansicht. Er wünschte nämlich, einen Revers darüber zu haben, dass der Kassenbestand richtig vorhanden war, und ich wollte ihm bescheinigen, dass es so sei. Es war das eine rein formelle Sache, der ich bis hierher noch gar keine weitergehende Bedeutung beilegte. Ich nahm also die Feder, bescheinigte, wie ich glaubte, den Bestand und unterzeichnete monogrammmäßig mit meiner augenblicklich angenommenen Charge. Ich wollte eben den Kopf zurückheben, als mein Auge auf die Überschrift des Scheines fiel. Da bemerkte ich, dass dort das Wort »Quittung« stand. Das änderte die Sachlage. Wenn ich eine Quittung resp. Empfangsbescheinigung ausstellte, dann war ich auch für den Verbleib des Geldes verantwortlich.

Ich war nun zuerst schwankend. Doch musste ich ja zu der Erwägung gelangen, dass ich das Geld nicht dalassen durfte. Tat ich das, so konnte es mir leicht ergehen wie damals im Kassengewölbe zu Wongrowitz. Von diesem Gesichtspunkt aus nahm ich das Geld an mich. Dann kam der Rendant auf mich zu und übergab mir die Schlüssel zum offenstehenden Geldschrank und sagte zu mir: »Herr Hauptmann, hier liegen noch weitere zwei Millionen, die der Stadt Köpenick gehören.«

Da wandte ich mich zu meinen beiden Grenadieren und sagte: »Sie haben gehört, dass hier zwei Millionen sind. Das geht mich nichts an!«

Ich ergriff nun selbst die Kassenschranktür und schlug sie zu.

Wäre ich nur nach Köpenick des Geldes wegen gegangen, so hätte ich doch wirklich ganz einfältig gehandelt, wenn ich mit 4 000 Mark davongegangen wäre und zwei Millionen hätte liegenlassen. Der Einwurf, dass diese in Staatspapieren bestanden, ist mir gegenüber ganz hinfällig, denn selbst gestohlene Wertpapiere lassen sich in den Nachbarstaaten mit Leichtigkeit zu ihrem annähernd reellen Wert umsetzen, ich besitze Kenntnisse genug, um derartige Unternehmen auch realisieren zu können.

Ich befahl nun den Grenadieren, das Zimmer zu verlassen, dem Rendanten, sich reisefertig zu machen, und ließ durch die Assistenten des Kassenrendanten die äußeren Räume verschließen. Das Geld steckte ich zu mir, die Quittung blieb da. Ich bemerke hierzu, dass bei meiner Verhaftung der Geldbetrag in meinem Wohnzimmer in einem unverschlossenen Fach der Kommode unverbraucht gelegen hat.

Auf dem Korridor rief ich den Gefreiten zu mir und bestimmte, dass er in einer halben Stunde die Wachen einzuziehen hätte, er sollte sodann noch einmal die Mannschaft in eine Restauration führen, dann seinen Marsch zum Bahnhof antreten und per Bahn nach Berlin zurückfahren; Dort hätte er sich bei dem Leutnant der Neuen Wache »Von Köpenick zurück!« zu melden!

Die nötigen Geldmittel händigte ich ihm aus und wollte mich eben aus dem Rathaus entfernen, als von den im Vestibül versammelten Herren sich wieder einer trennte, zu mir die Treppe herabstieg und mich in bescheidenem Ton fragte, ob mein Auftrag dem Bürgermeister oder der Stadt Köpenick gelte?

Ich erklärte ihm, dass die Stadt Köpenick gar nichts mit der Angelegenheit zu tun habe. Auf seine weitere Frage, wie lange die Besetzung des Rathauses noch dauern würde, antwortete ich: »Noch eine halbe Stunde!«

Damit beruhigte er sich. Vor dem Rathaus winkte ich den Gendarm heran, machte ihn mit meinen Befehlen bekannt und beauftragte ihn nach dem Abmarsch der Mannschaften vorläufig mit der Aufrechterhaltung der Ordnung im Rathaus sowie in der Stadt Köpenick. Ich ging dann zu Fuß zum Bahnhof und fuhr mit dem Zug nach Berlin.

∞∞∞∞∞∞∞

Extrablatt
des
Cöpenicker Dampfboot.

Cöpenick, den 16. Oktober 1906.

Seit 4 Uhr nachmittags befindet sich unsere Bürgerschaft in grösster Aufregung. Mit dem Vorortzuge 2,46 Uhr traf von Berlin eine 20 Mann starke Abteilung Soldaten unter Führung eines Hauptmanns auf dem Cöpenicker Bahnhof ein, marschierte nach der Stadt und besetzte das Rathaus. Vor dem Hauptportal nahm ein Doppelposten mit aufgepflanztem Bajonett Aufstellung, während die beiden anderen Eingänge — in der Böttcherstraße und am Rathauskeller — mit einfachen Posten besetzt wurden. Jeder Verkehr nach innen und außen wurde sofort unterbrochen, die Beamten erhielten Anweisung, sich in ihren Bureaus aufzuhalten und auch der Rathauskeller wurde für den Verkehr gesperrt; einige Gäste wurden dort sogar zurückgehalten. Selbst den Mitgliedern der städtischen Behörden verweigerten die Soldaten den Zutritt zum Rathause mit der Erklärung: „Auf Befehl Sr. Majestät ist das Rathaus besetzt."

Inzwischen hatte sich, da die Sensationsnachricht sich mit Windeseile in der Stadt verbreitete, vor dem Rathause eine nach Hunderten zählende Menschenmenge angesammelt, die von Minute zu Minute anschwoll, sobaß einige hinzugezogene Gendarmen den Straßenverkehr regeln mußten. Das Publikum erging sich natürlich in den mannigfachsten Vermutungen über die Ursache dieses ungeheures Aufsehen erregenden militärischen Einschreitens, und fand hierzu nurumehr Grund, als aus dem Rathause selbst keinerlei Kunde darüber verlautete. Die Aufregung stieg natürlich aufs höchste, als plötzlich die Herren

Bürgermeister Dr. Langerhans u. Hauptkassenrendant v. Wiltberg

als Arrestanten

abgeführt und in Droschken nach Berlin geschafft wurden.

Außer den Genannten war auch Herr Oberstadtsekretär Rosenkreuz für verhaftet erklärt, von seiner Fortschaffung aber schließlich Abstand genommen worden.

Soweit wir uns über den Verlauf der Sache informieren konnten, hat der Hauptmann erklärt, daß er in höherem Auftrage das Rathaus und die Kasse zu besetzen habe. Er ließ sich dann die Kasse aufzählen — rund 4000 Mark — und verließ mit dem Auftrage, nach einer halben Stunde die Wachen einzuziehen und nach Berlin zurückzukehren, mit dem Gelde des Rathaus.

Dies der Sachverhalt. Unseres Erachtens kann es sich hier wohl nur um

die Tat eines Wahnsinnigen oder Betrügers

handeln, da die Soldaten erklärt haben sollen, daß der ihnen unbekannte Hauptmann sie auf dem Marsche getroffen und sie zur Ausführung eines höheren Befehls mit nach Cöpenick genommen habe. Der Magistrat hat durch telegraphische Anfrage beim Landrat sofortige Aufklärung erbeten, die bis zu dieser Minute noch aussteht. Man ist bis jetzt also lediglich auf Vermutungen angewiesen.

Nachschrift: Um 7 Uhr lief vom Landratsamt die telephonische Nachricht ein, daß man dort keine Ahnung von der Sache habe und Gründe für den rätselhaften Vorgang nicht angeben könne.

[Transkription]
Extrablatt
des
Cöpenicker Dampfboot.
Cöpenick, den 16. Oktober 1906.

Seit 4 Uhr nachmittags befindet sich unsere Bürgerschaft in grösster Aufregung. Mit dem Vorortzuge 2.46 Uhr traf von Berlin eine 20 *[korrekt: 10]* Mann starke Abteilung Soldaten unter Führung eines Hauptmanns auf dem Cöpenicker Bahnhof ein, marschierte nach der Stadt und besetzte das Rathaus. Vor dem Hauptportal nahm ein Doppelposten mit aufgepflanztem Bajonett Aufstellung, während die beiden anderen Eingänge – in der Böttcherstraße und am Rathauskeller – mit einfachen Posten besetzt wurden. Jeder Verkehr nach innen und außen wurde sofort unterbrochen, die Beamten erhielten Anweisung, sich in ihren Büros aufzuhalten und auch der Rathauskeller wurde für den Verkehr gesperrt; einige Gäste wurden dort sogar zurückgehalten. Selbst den Mitgliedern der städtischen Behörden verweigerten die Soldaten den Zutritt zum Rathause mit der Erklärung: „Auf Befehl Sr. Majestät ist das Rathaus besetzt."

Inzwischen hatte sich, da die Sensationsnachricht sich mit Windeseile in der Stadt verbreitete, vor dem Rathause eine nach Hunderten zählende Menschenmenge angesammelt, die von Minute zu Minute anschwoll, sodaß einige hinzugezogene Gendarmen den Straßenverkehr regeln mussten. Das Publikum erging sich natürlich in den mannigfachsten Vermutungen über die Ursache dieses ungeheures Aufsehen erregenden militärischen Einschreitens, und fand hierzu umsomehr Grund, als aus dem Rathause selbst keinerlei Kunde darüber verlautete. Die Aufregung stieg natürlich aufs höchste, als plötzlich die Herren

Bürgermeister **Dr. Langerhans** und Hauptkassenrendant **v. Wilt-berg** *[korrekt: v. Wiltburg]*

als Arrestanten

abgeführt und in Droschken nach Berlin geschafft wurden.

Außer den Genannten war auch der Herr Oberstadtsekretär Rosenkreuz *[korrekt: Rosenkranz]* für verhaftet erklärt, von seiner Fortschaffung aber schließlich Abstand genommen worden.

Soweit wir uns über den Verlauf der Sache informieren konnten, hat der Hauptmann erklärt, daß er in höherem Auftrage das Rathaus und die Kasse zu besetzen habe. Er ließ sich dann die Kasse aufzählen – rund 4000 Mark – und verließ mit dem Auftrage, nach einer halben Stunde die Wachen einzuziehen und nach Berlin zurückzukehren, mit dem Gelde das Rathaus.

Dies der Sachverhalt. Unseres Erachtens kann es sich hier wohl nur um

die Tat eines Wahnsinnigen oder Betrügers

handeln, da die Soldaten erklärt haben sollen, daß der ihnen unbekannte Hauptmann sie auf dem Marsche getroffen und sie zur Ausführung eines höheren Befehls mit nach Cöpenick genommen habe. Der Magistrat hat durch telegraphische Anfrage beim Landrat sofortige Aufklärung erbeten, die bis zu dieser Minute noch aussteht. Man ist bis jetzt also lediglich auf Vermutungen angewiesen.

Nachschrift: Um 7 Uhr lief vom Landratsamt die telephonische Nachricht ein, daß man dort keine Ahnung von der Sache habe und Gründe für den rätselhaften Vorgang nicht angeben könne.

Der Verräter

Hier begab ich mich zunächst in ein der »Neuen Wache« nahegelegenes Café, denn ich war selbst begierig zu erfahren, welchen Verlauf die Dinge in Berlin nehmen würden. Ich sah von hier aus mit an, wie die Wagen in Berlin eintrafen.

Als ich nach dem Eintreffen des Bürgermeisters vor der »Neuen Wache« erkannt hatte, dass meine Befehle pünktlich ausgeführt waren, verschaffte ich mir einen Zivilanzug und kleidete mich dann sofort um, so dass ich unbemerkt in der späteren Abendstunde meine Wohnung wieder erreichen konnte.

Ich hatte keine Veranlassung zu glauben, dass meine Entdeckung durch die Ermittlung der Polizei erfolgen würde, denn ich war den Personen, mit denen ich in Berührung gekommen war, persönlich unbekannt. Selbst meine Hausgenossen konnten keine Ahnung davon haben, dass ich in irgendeiner Beziehung zu der Köpenicker Affäre gestanden hätte.

Ich bin wiederholt an den Litfasssäulen gewesen und habe dem Publikum Proklamationen der Behörde vorgelesen. Die Behörde würde auch den »Hauptmann von Köpenick« noch heute vergeblich suchen, wenn sich nicht ein Judas gefunden hätte, der sich den ausgesetzten Lohn von dreitausend Mark verdienen wollte.

Vor etwa sieben Jahren hatte ich im Gespräch mit Gefangenen, die sich darüber unterhielten, wie schwer es sei, mal ein ordentliches Geschäft zu machen, weil man so selten genügend Leute zusammenbekommen könnte, auf die wirklich Verlass wäre, geäußert: »Ihr Einfaltspinsel, wenn ich mich zu derartigen Sachen hergeben wollte, dann würde ich mir einfach Soldaten von der Straße holen!«

Diese hingeworfene Bemerkung hatte sich mein lieber Freund Kallenberg gemerkt. Jetzt war eine derartige Sache wirklich ausgeführt worden, und da entsann er sich sofort unserer damaligen Unterredung.

Er machte von diesem seinem Wissen der Behörde Mitteilung. Da ich stets angemeldet gewohnt habe und auch der Arbeitsplatz, auf dem ich beschäftigt war, den Behörden bekannt war, so war es leicht, meinen Aufenthaltsort festzustellen.

Dass der Streich von der Seite kommen würde, daran dachte ich nicht. Mit diesem Mann hatte ich achtzehn Jahre lang Freud und Leid geteilt, und niemand anders als er war schuld daran, dass ich damals zu einer so fürchterlichen Strafe verurteilt worden war.

War es wirklich so schlimm, wie die Staatsanwaltschaft im ersten Augenblicke glaubte, so blühten mir wieder fünfzehn Jahre. Hatte das jener Mensch bedacht, als er mich um einer doch verhältnismäßig geringfügigen Summe willen verriet? ...

Die Polizeibehörde war, als sie mich in meiner Wohnung aufsuchte, noch keineswegs davon überzeugt, dass ich wirklich der Hauptmann von Köpenick wäre. Ich wurde deshalb in freundlicher Weise gebeten, zwecks einer Unterredung mit nach dem Polizeipräsidium zu fahren. Von einer Verhaftung in meiner Wohnung ist nie die Rede gewesen, sie konnte auch nicht stattfinden, bevor festgestellt war, dass ich wirklich der Täter war.

Der Ruhm, den sich die Polizeibehörde aus meiner Entdeckung holen wollte, gebührt ihr in diesem Fall keineswegs. Auf dem Polizeibüro gestand ich sofort zu, dass ich der Hauptmann wäre.

Der Chef der Kriminalpolizei verhandelte in der freundlichsten Weise mit mir. Nur als die Herren in etwas freier Weise sich über die Köpenicker lustig machen wollten, erklärte ich ihnen mit dürren Worten, dass es den Herren von der Polizei genau ebenso ergangen wäre, wenn es mir gefallen hätte, auf das Berliner Polizeipräsidium zu kommen!

Und als sie das in Abrede stellten und sich auf ihr besseres Wissen und ihre größere Einsicht in solchen Fällen beriefen, da machte ich es ihnen gleich in drastischer Weise vor, wie es *ihnen* etwa ergangen wäre, und ich glaube, sie gestanden stillschweigend ein, dass sie keinen Grund hatten, andre zu belächeln.

Bei der in meiner Gegenwart unter den Beamten stattfindenden Konferenz über die weitere Führung der polizeilichen Untersuchung bemerkte ich, dass sie in ihrem Diensteifer soviel wie möglich Beweismaterial herbeischaffen wollten und beabsichtigten, die Untersuchung noch auf andere Personen, meine vermeintlichen Helfer, auszudehnen.

Um ihnen nun in dieser Beziehung den Pass zu verhauen, band ich ihnen manchen hübschen Bären auf; auch wurden sie in dem Bestreben, sich meiner Uniformstücke zu bemächtigen, von mir an der Nase herumgeführt.

Sie haben hinterher den ganzen Kreuzberg umgegraben, in der Hoffnung, doch meine Kleidung zu finden. Dass mir dies bei allem Unbehagen einen gewissen Genuss gewährte – wer wird es mir verargen?

∞∞∞∞∞∞∞∞

Beschreibung:

Körper-Länge: mass:	gestalt:	Umfang:
Haar-farbe:	wellung:	scheitelung:
Bart-farbe:	form:	schnitt:
Stirn-Höhe:	Breite	neigung:
Augenbrauen-abstand:	ansatz:	richtung:
„ „ -länge:	breite:	behaarung:
Augen-Zwischenraum:	Oberlid-gestalt:	bes:
„ -Öffnung:	irisfärbung:	klasse:
Nasen-Vorsprung:	rücken:	grundlinie:
Ohrläppchen-umriss:	anwuchs:	Grösse:
Unt. Ohrklappen-neigung:	profil:	umbiegung:
Ohr-form:	Grösse:	abstehen:
Lippen-rand:	Oberlippen-Höhe:	vorspringen:
Mund-Grösse:	öffnung:	bes:
Kinn-form:	richtung:	breite:
falten:		
Schulter-Breite:	neigung:	bes:
Hände-Grösse:	form:	beschaffenheit:
Füsse-Grösse:	form:	bes:
Haltung-körper:	kopf:	hände:

Hinter den Worten mit grossen Anfangsbuchstaben erfolgt die Beschreibung nur in den Gegensätzen von klein oder gross mit k oder gr. Tritt von diesen beiden Formen keine augenfällig hervor, so unterbleibt die Beschreibung.

Aus der Polizeiakte

Zweites

Extra- Blatt.

Berliner Lokal-Anzeiger.

Berlin, Freitag, 26. Oktober, vormittags. 1906

Der Köpenicker Kassenräuber ergriffen.

Den verwegenen Gauner, der in der Verkleidung eines Hauptmanns des Ersten Garde-Regiments z. F. Bürgermeister und Rendanten von Köpenick festnehmen ließ und dann mit dem Inhalt der städtischen Kasse verschwand, hat sein Schicksal ereilt. Den Bemühungen der Kriminalpolizei ist es gelungen, ihn festzunehmen. Die Berliner Kriminalkommissare Wehn und Kasse sowie zwei hier zum Studium weilende Kommissare aus Magdeburg und Hannover verfolgten die Spur des Zuchthäuslers Wilhelm Vogt aus der Kopfstraße 27 in Rixdorf. Als sie in dem erwähnten Hause eintrafen, um den Vogt zu verhaften, fanden sie den Gesuchten nicht vor; dieser war kurz vorher ausgegangen. Eine Stunde später ermittelte man, daß er sich in der Langestraße zu Berlin aufhalte. Die Kommissare begaben sich eiligst dahin und nahmen die Verhaftung vor. Die Berliner Kriminalpolizei hat Beweise dafür in Händen, daß der verhaftete Vogt mit dem Gesuchten Köpenicker Kassenräuber identisch ist.

Der Räuber ist am 13. Februar 1849 zu Tilsit geboren, ein dreimal wegen Diebstahl mit Gefängnis, einmal wegen schwerer Urkundenfälschung mit 7 Jahren Zuchthaus und zuletzt wegen Einbruchs in die Gerichtskasse zu Wongrowitz vom Schwurgericht in Gnesen mit 15 Jahren Zuchthaus bestrafter Mensch. Die letzte Strafe trat er am 1. Februar 1891 an. Am 1. Februar d. J. wurde er aus der Strafanstalt entlassen und unter Polizeiaufsicht gestellt. Er hielt sich zuletzt in Wismar auf und kam von dort im Juli d. J. hierher.

Die Feststellung der Identität erfolgte auf Grund einer Photographie, die die Kriminalpolizei sich verschafft hatte, und die den Verbrecher in der Kleidung und Barttracht darstellt, die er in Potsdam bei der Besorgung der Uniformstücke getragen hatte.

In Untersuchung

Ich wurde nun zunächst ins Untersuchungsgefängnis überführt. Die Staatsanwaltschaft glaubte in mir so einen recht schweren Verbrecher zu finden, aber schon nach meiner ersten Vernehmung ließ sie den Glauben fahren und trat weit weniger zuversichtlich in die Ermittlungen ein, weil ein Paragraph im Strafgesetz nicht vorhanden war, nach welchem meine Tat zu bemessen gewesen wäre.

Von Seiten der Beamten des Untersuchungsgefängnisses erfuhr ich die freundlichste Behandlung. Die Teilnahme, die mir während der Untersuchung von der gesamten Kulturwelt bewiesen wurde und die sich in dem Bestreben bekundete, mir durch Zusendung von Nahrungs- und Geldmitteln die Untersuchungshaft zu erleichtern, ließen mich das Ungemach der Haft leichter ertragen. Dazu kam, dass in den mir zugehenden Briefen viel Trost und Beileid und die Hoffnung auf eine günstige Erledigung meiner Sache ausgesprochen waren, die mich veranlagten, meine Angelegenheit in einem etwas günstigeren Lichte zu betrachten.

Nur sehr wenige versuchten ihren faulen Witz an mir, und es gewährt mir heute noch einen Genuss, die Zuschriften dieser wenigen zu lesen und mit dem Endergebnis zu vergleichen. Da ich die Geldmittel nicht besaß, um mir einen Rechtsbeistand zu leisten, und mir von Amts wegen auch keiner gestellt wurde, hatte ich mich mit dem Gedanken befreundet, meine Sache selbst zu vertreten. Sie war ja in der Tat einfach genug, denn für mich sprachen alle Begleitumstände, und mir ist es nicht schwer geworden, meine Sache zu führen.

Dessen ungeachtet stellten sich ein paar anerkannt tüchtige Rechtsanwälte an meine Seite; ich hätte ihnen gewünscht, dass sie eine verwickeltere Sache in die Hände bekommen hätten.

Aus naheliegenden Gründen wurde die Führung dieser Untersuchung seitens der Justizbehörde soviel wie möglich beschleunigt, um meine Angelegenheit nur erst einmal aus der Welt zu schaffen. Das schon deswegen, weil mancherlei Mängel sowohl in der Rechtsprechung wie auch im Strafvollzug dabei ans Licht kamen.

Ich war damals körperlich leidend, was bei den vielen Aufregungen meines Lebens erklärlich ist, und vermochte so manches nicht zu ermitteln und festzustellen, was meine Sache erheblich verbessert hätte. Ich verließ mich hier ganz auf die reelle Führung meiner Sache durch die Rechtsanwälte und widerstrebte auch der baldigen Verhandlung nicht. So kam der 1. Dezember heran.

Ich hatte noch gar nicht nötig, an dem Tage die Verhandlung führen zu lassen, aber mit Rücksicht auf den großen Andrang zum Zuhörerraum (die Plätze waren bereits vergeben, bevor noch mein Termin anberaumt war) hatte man beschlossen, statt der Räumlichkeiten, in denen die Strafkammern tagen, den Schwurgerichtssaal zu benutzen. Da dieser aber für Montag bereits vergeben war, so war die Verhandlung auf den Sonnabend angesetzt worden. Es hing nun von mir ab, ob ich in die Verhandlung eintreten wollte, sonst hätte sie bis zum Montag vertagt werden müssen.

Weil aber schon alle Zeugen geladen waren, so mochte ich denn auch nichts dagegen einwenden, schon um nicht den ganzen großen und kostspieligen Apparat noch einmal aufbieten zu lassen. Nur hatten meine Rechtsbeistände insofern einen Fehler gemacht, als sie keinen militärischen Sachverständigen zur Verhandlung zugezogen hatten. Hier handelte es sich vor allen Dingen darum festzustellen, ob leichte oder schwere Urkundenfälschung vorlag.

Ich weiß, dass an und für sich der Richter diese Frage nicht hat lösen können; ich weiß auch weiter aus dem eigenen Munde des Vorsitzenden, der selbst erklärte, dass diese Frage nicht genau zu entscheiden wäre: Meine hohe Strafe erklärt sich nur durch die Annahme der schweren Urkundenfälschung. – Auch über die Gerichtsverhandlung mit ihren weiteren Ergebnissen, mit allen Bedenken, die sich an das gefällte Urteil knüpfen lassen, will ich mich in einer besonderen Schrift später noch verbreiten.

Heute beschränke ich mich darauf, die Gesamtverhandlung ins Auge zu fassen.

∞ ∞ ∞ ∞ ∞ ∞ ∞

Am Tage des Gerichts

Die dem Publikum zugänglichen Räume waren bis auf den letzten Platz gefüllt. Die Journalistik der ganzen Welt, Paris, Wien, Stockholm usw. hatte ihre besten Vertreter entsandt. Es war so voll im Saal, dass ein Amerikaner, der dem Türhüter hundert Dollar bot, wenn er mich nur fünf Minuten sehen dürfte, hatte abziehen müssen, ohne seinen Wunsch erfüllt zu sehen. Alles harrte mit Spannung der Dinge, die da kommen sollten.

Und sie kamen! Zunächst betraten die geladenen Zeugen den Saal, unter ihnen die Mannschaften – feldmarschmäßig ausgerüstet. Übrigens genau so, wie ich sie in Köpenick verwendet hatte.

Die übrigen Zeugen mit einer gewissen Spannung, unter ihnen auch der, der mich verraten hatte! Ich habe ihn scharf angesehen, aber er vermochte seine Augen nicht aufzuschlagen.

Nach den einleitenden Worten des Gerichtspräsidenten und den formellen Vorfragen verließen die Zeugen den Saal.

Zur Last gelegt wurde mir:

1. das unbefugte Tragen einer Uniform,

2. das unbefugte Ausüben eines öffentlichen Amtes (nämlich das Amt eines Hauptmanns),

3. Freiheitsberaubung oder -beschränkung gegen den Bürgermeister, den Oberstadtsekretär und den Kassenrendanten,

4. und 5. Betrug und Urkundenfälschung.

Als ich gefragt, ob ich mich als schuldig bekenne, bejahte ich für Punkt eins bis drei. Für die zwei letzten Punkte verneinte ich auf das entschiedenste meine Schuld, und bei dieser Verneinung muss ich aus ursächlichen und juristischen Gründen auch noch heute bleiben.

Ich wurde aufgefordert, den Sachverhalt zu erzählen.

Zunächst wünschte der Richter mit Rücksicht auf meinen Gesundheitszustand, dass ich sitzend meine Aussagen abgebe, aber da bei der Höhe der Schranken meine Stimme doch nicht laut genug durch den Saal drang, bat er mich aufzustehen. Ich trat bis dicht an die Schranke, hielt mich am Geländer fest und begann meinen Vortrag.

In lautloser Stille und atemloser Spannung hörte der Gerichtshof und das Publikum meinen Worten zu. Was ich brachte, war nichts als Wahrheit.

Vor dem Richter lagen die Akten, durch die er meine Aussagen jederzeit prüfen konnte; die Dokumente, die Bemühungen, mir eine Legitimation zu verschaffen, die Ausweisungsbefehle, die Führungsatteste aus den Betrieben, in welchen ich beschäftigt gewesen war. Und da draußen standen die Zeugen, die unter ihrem Eide alles das bestätigten, was ich vorbrachte.

Die Zeugen der Staatsanwaltschaft brachten nichts vor, was von meinen Aussagen abwich. Keine Lüge ließ sich mir nachweisen!

Der Einzige, der mir zu färben schien, war der Kassenbeamte. Er wünschte den Eindruck hervorzurufen, als ob er als freier Mann über sich und seine Handlungen hätte bestimmen können. Er bemäntelte, wie mir schien, manche Umstände, die zu seinen Ungunsten sprachen und die in diesem Fall nicht als nebensächlich gelten durften.

Von seiner mehr oder minder großen Glaubwürdigkeit hing es ab, ob der Gerichtshof auf schwere oder einfache Urkundenfälschung erkennen würde. Auch über die Augenblickssituation des Unterzeichnens der Quittung und der Übergabe des Geldes drückte er sich so ungenau wie nur möglich aus.

Wirklich großartig und bezeichnend war das Verhalten des Richters gegen Kallenberg; während die anderen Zeugen nach ihrer Vernehmung im Saal bleiben durften, musste jener auf Anordnung des Richters sofort nach seiner Aussage den Sitzungssaal verlassen.

Da die vorhandenen Zeugen der Staatsanwaltschaft zu der Sache selbst nichts mehr zu sagen hatten, ging der Gerichtshof jetzt zu der Vernehmung meiner Leumundszeugen über.

Es waren mit dem Anstaltsgeistlichen, dem Anstaltslehrer und dem Ökonomieinspektor Leute vorhanden, die mich fast ein halbes Menschenalter täglich in meinem Tun und Lassen beobachtet hatten.

Da war ferner mein Chef aus Wismar, ein Mann, der sich selbst emporgearbeitet hatte, der die Mühen, Sorgen und Nöte des Lebens genau kannte und der an meiner Sache gar nicht interessiert war. Das waren Zeugnisse, die schwer ins Gewicht fielen!

Was sonst noch von Zeugen vorhanden war, hatte ja weniger Bedeutung. Ich konnte bemerken, wie alles dies doch eine sehr ernste Stimmung im Publikum hervorrief. Als dann die ganzen Machinationen des Bürokratismus klar vor aller Augen lagen, fühlte ich förmlich die Teilnahme, die für mich und meine Angelegenheit unter den Anwesenden Platz griff.

Als nach Schluss der Beweisaufnahme der Staatsanwalt zu seinem Plädoyer das Wort ergriff, da lauschte alles mit großer Spannung, wie er sich zu der Sache stellen würde.

Der Staatsanwalt suchte in seiner Rede diese Teilnahme soviel wie möglich zu verwischen. Mit negativem Erfolg!

In seinen Eingangsworten sagte er, ich hätte eine Tat vollbracht, die die Bewunderung der ganzen Welt erregt hätte. Diese Bewunderung verdiene ich aber nicht, denn ich hätte den ganzen Staatsorganismus in Trümmer geschlagen! Ich fand diese Ausdrucksweise etwas eigentümlich! Ich, der bescheidene Mann, der friedlich seines Weges dahinzieht, dem jede Gewalttat in seinem Leben ferngelegen hat, sollte mit zehn Gardesoldaten, drei Gendarmen und zirka sieben Polizeibeamten die ganze Staatsordnung in Trümmer geschlagen haben!

Ich habe ihm nichts darauf geantwortet und mir nur das Entsprechende dabei gedacht.

Weiter fuhr er fort, mich und meine Auslassungen zu widerlegen, und zwar in einem neuen merkwürdigen Satz. Er behauptete, wenn es mir nur um einen Pass zu tun gewesen wäre, dann hätte ich nicht nach Köpenick zu gehen brauchen; den hätte ich mir in der ersten besten Kaschemme holen können.

Das heißt, der Mann, der mich jetzt eben wegen Urkundenfälschung zur Verantwortung ziehen will, zeigt mir einen Ausweg, der, wenn ich ihn betreten hätte, mich doch wohl gleichfalls zum Urkundenfälscher gemacht hätte!

Das ist nun allerdings ein sehr eigenartiges Ansinnen, um so mehr, da mir die Kaschemmen gänzlich unbekannte Orte sind und ich mich erst beim Herrn Staatsanwalt hätte erkundigen müssen, was darunter zu verstehen ist und was da etwa für mich zu holen gewesen wäre.

Zum Schluss beantragte er eine Strafe von fünf Jahren Zuchthaus.

Zunächst trat mein Rechtsanwalt Dr. Schwindt auf und hielt seine Rede, welche lediglich die moralische Seite der Angelegenheit zum Vorwurfe hatte.

Ich war bereits durch die Verhandlung so erschöpft, dass ich sie am liebsten in Anbetracht meiner Gesundheit auf einige Stunden unterbrochen gesehen hätte, aber ich ließ es gehen, nur konnte ich nicht mehr mit der nötigen Aufmerksamkeit der Rede meines Verteidigers folgen und habe deshalb auch nicht bemerkt, welchen Eindruck dieselbe auf die Anwesenden gemacht hat. Nach ihm ergriff mein zweiter Verteidiger, Rechtsanwalt Bahn, das Wort.

Er hatte die rechtliche Seite als sein Thema gewählt. Er behauptete, dass meine Behandlung in Mecklenburg nicht auf dem Boden des Gesetzes gestanden hätte, mithin eine ungesetzliche Gewalttat gewesen sei. Er enthüllte klar, wie durch die Manipulationen der Polizeibehörden die Verbrecher und das Verbrechertum geradezu gezüchtet würden; er machte darauf aufmerksam, dass Gesetze, die vor sechzig Jahren am Platze waren, bei den heutigen Kulturverhältnissen und Lebensbedingungen nicht mehr anzuwenden seien und dass sie gerade das Entgegengesetzte von dem zeitigen, was sie nach der Absicht des Gesetzgebers bewirken sollten.

Keiner von beiden Herren hatte ein bestimmtes Strafmaß ins Auge gefasst. Selbst mildernde Umstände hatten sie nicht beantragt. Ich glaube, sie hielten den vorliegenden Tatsachen gegenüber einen solchen Antrag nicht mehr für nötig.

Als ich schließlich auch gefragt wurde, ob ich nun auch selbst etwas zu sagen hätte, konnte ich das, was ich eigentlich hätte dem Gerichtshof sagen wollen, nicht mehr vortragen, weil meine Körperkraft zu Ende war.

Ich sagte deshalb in kurzen Worten, ich schlösse mich den Ausführungen meiner Verteidiger an und bäte um eine milde Beurteilung meiner Sache.

Als ich geendet hatte, wandte sich noch der Vorsitzende, im Begriff aufzustehen, an seine beisitzenden Richter mit den Worten: »Also mildernde Umstände!«

Darauf verließen sie den Sitzungssaal und betraten den Beratungsraum. Ich hatte beobachtet, dass die Erregung im Zuhörerraum sich von Stunde zu Stunde gesteigert hatte.

Nachdem der Gerichtshof den Saal verlassen, traten die Leute in Gruppen zusammen und unterhielten sich lebhaft über das, was eben an ihren Augen und Ohren vorübergezogen war.

Ich selbst sah mit einer gewissen Ruhe dem entgegen, was da kommen konnte.

Es währte ungemein lange, bevor der Gerichtshof sich über die zu fällende Strafe geeinigt hatte. Selbst der Staatsanwalt war ungeduldig geworden.

Der Vorsitzende entschuldigte sich fast für die lange Verzögerung und führte dabei aus, dass ich dem Gerichtshof mit meiner Tat eine harte Nuß zu knacken gegeben hätte.

Ob der Gerichtshof mit seinem Urteil diese nun wirklich geknackt hat, das dürfte wohl der juristischen Nachprüfung unterliegen.

Im ernsten Ton verkündete er zunächst das gefällte Urteil: *Vier Jahre Gefängnis!*

Mir fiel es auf, wie der Vorsitzende sich bei der Klarlegung der juristischen Gründe fast durchweg an den Wortlaut des Plädoyers des Staatsanwaltes hielt. Er wiederholte sogar ganze Sätze aus der Anklageschrift wörtlich! Andererseits schien es, als könne er sich auch den Gründen, die gegen die Auffassung des Staatsanwaltes sprachen, nicht verschließen. Fast väterlich war der Ton, in welchem er mich darüber belehrte, dass nur auf Grund der harten Vorstrafen das Urteil so ausgefallen war.

Es war unverkennbar, dass auch die große Mehrzahl der Zuhörer sich über die Bedeutung dieser Stunde vollkommen klar war. Etwa zwei Monate nach meiner Entlassung schrieb mir eine Dame, welche durch die irrigen Zeitungsnotizen über mich und mein Handeln zu einer falschen Ansicht gekommen war, ich möchte die Weihe, die über der Stunde des Gerichts gelegen hätte, nicht dadurch zerstören, dass ich mich zu Handlungen verlocken ließe, die den gerechten Unwillen meiner Freunde heraufbeschwören würden.

Nun folgte etwas, was wohl in der Rechtspflege ohne Beispiel dasteht:

Nachdem ich auf die Frage, ob ich das Urteil annehme, bejahend geantwortet hatte, war die Sitzung geschlossen.

Der Vorsitzende legte sein Barett ab, zog seinen Talar aus, trat zu mir an die Schranken und wünschte mir Gottes Segen, dass ich meine Strafe gesund überstehen möge.

Ich selbst war von diesem unerwarteten Vorgange so betroffen, dass ich im Augenblick gar nicht darauf zu antworten vermochte. Erst aus meiner Haft heraus schrieb ich einen Brief an den Herrn Gerichtsdirektor, um mich für mein damals fast tölpelhaftes Benehmen, das durch die Erregung des Augenblicks hervorgerufen war, zu entschuldigen und für eine Freundlichkeit zu danken, deren ganze Bedeutung ich wohl ermesse.

War es mir doch ein Zeichen, wie schwer es dem Gerichtshof geworden sein musste, dieses Urteil gegen mich zu fällen.

∞∞∞∞∞∞∞∞

Wieder im Gefängnis

Ich wurde kurze Zeit, etwa zehn Tage, nachdem das Urteil rechtskräftig geworden, zur Verbüßung meiner Strafe in die Gefangenschaft nach Tegel überführt. Schon am Nachmittag desselben Tages besuchte mich der Direktor, und die ersten Worte, die er an mich richtete, sind mir heute noch gegenwärtig: »Nun sind Sie also nach langer Irrfahrt hier gelandet!«

»Jawohl, Herr Direktor«, antwortete ich, »aber an welchem Ufer!«

Es ist mir sehr erfreulich, hier sagen zu können, dass die Gefängnisanstalt Tegel, sowohl was die Beamtenschaft anlangt wie in Bezug auf Pflege und Fürsorge, geradezu mustergültig genannt zu werden verdient. Gerade ich konnte dies am besten beurteilen.

Mir persönlich ist man stets von allen Seiten mit – ich möchte sagen – freundlicher Zuvorkommenheit begegnet, bis zu dem Augenblick, da sich die Tore der Freiheit für mich wieder auftaten.

Es hatten sich bekanntlich sowohl während meiner Untersuchungshaft wie auch nach meiner Verurteilung viele Freunde und Freundinnen gefunden, die Geldmittel und sonstige Spenden aufbrachten und sich auch für meine Zukunft bemühten.

Nach meiner Entlassung überlieferte mir eine bekannte Berliner Zeitung, als Ergebnis einer öffentlichen Sammlung, fast 2 000 Mark, ein Frankfurter Blatt 440 Mark.

Achtundvierzig Stunden nach meiner Verurteilung erhielt ich durch Vermittlung einer Dame aus den ersten Kreisen Berlins die feste Zusicherung, dass mir, solange ich in Haft war, 50 Mark monatlich und nach meiner Entlassung bis zum meinem Tode 100 Mark monatlich ausbezahlt werden sollten.

Wenn man Zeitungsnotizen aus jener Zeit Glauben schenken wollte, so müsste ich heute ein sehr reicher Mann sein. Nur ich selbst habe davon nichts gemerkt!

Das Gerücht, dass mir große Geldsummen zugewendet sein sollten, veranlasste in der nächsten Zeit einen ganz eigenartigen Briefwechsel. Hunderte von solchen Briefen trafen in der Anstalt ein, die alle beinah denselben Wortlaut hatten: »Sie sind jetzt ein reicher Mann, verfügen über Geldmittel, also helfen Sie auch jetzt uns armen Bedrängten!« Dann wurde die Summe aufgeführt, die notwendig war, um den Briefschreiber aus seiner bedrängten Lage zu befreien.

Die höchste Summe, die mir abgefordert wurde, betrug 6000 Mark, und dann ging es von Tausenden zu Hunderten hinab und von hundert Mark zu kleineren Beträgen.

Der Gefängnisdirektor versicherte mir schon nach vier Monaten, dass, wenn alles das, was von mir gefordert wurde, von der Verwaltung ausbezahlt würde, ich bereits über 100 000 Mark verausgabt hätte.

Die Briefe und Karten, die mir aus allen Weltteilen und fast allen Staaten der Erde zugingen, setzten mich oft in großes Erstaunen darüber, was in der Welt geschah und gesprochen wurde; und dass man das alles als bekannt voraussetzte, während ich doch davon keine Ahnung hatte.

Wiederholt bin ich in Briefen und Karten dazu aufgefordert worden, doch etwas für meine Befreiung zu tun.

Allein die Wege, die man mir dazu vorschlug, konnte ich nicht betreten.

Ich hatte mich so ziemlich darein gefunden, dass ein Gnadengesuch aussichtslos sein würde, und meine ganze Hoffnung darauf gesetzt, nach verbüßter Strafe von drei Jahren »vorläufig« entlassen zu werden.

Ob von anderer Seite in meiner Angelegenheit Gesuche um Begnadigung bei Sr. Majestät dem Kaiser gemacht worden sind, weiß ich nicht.

Es kam mir und allen, die teilnahmen an meinem Schicksal, deshalb auch ganz unerwartet und überraschend, als plötzlich direkt auf *Order Sr. Majestät des Kaisers* meine Freilassung erfolgte.

∞∞∞∞∞∞∞

Freiheit! Freiheit!

Es war an einem Sonntagnachmittag, etwa 3 ¾ Uhr, als ein stellvertretender Beamter des Sekretariats in Begleitung des Oberaufsehers meine Zelle betrat, in der ich gedankenvoll auf und ab schritt. In der einen Hand hielt der Beamte meine Personalakten, daraufliegend ein kleines Papier.

Die Freude leuchtete beiden aus den Augen.

Es war ein ungewohnter Vorgang, zu ungewohnter Zeit, und als der Beamte den Mund öffnete und mir sagte: »Herr Voigt, ich habe Ihnen eine erfreuliche Nachricht mitzuteilen!«, da fuhr es mir wie ein Blitz durchs Gehirn: Du wirst frei!

Als er dann aber weiter fortfuhr, dass ich auf Befehl Sr. Majestät des Kaisers sofort in Freiheit gesetzt würde, war ich vor Überraschung zunächst ganz sprachlos, und auch die Herrschaft über meine Sinne und Glieder verließen mich – ich taumelte rückwärts gegen die Wand.

Mit Mühe ermunterte man mich so weit, dass ich dem Beamten wenigstens in die Freiheit folgen konnte. Er war mir beim Zusammenlegen der wenigen Sachen, die mein persönliches Eigentum darstellten, behilflich und führte mich in die Räume der Hausväterei, damit ich mich dort umkleidete. Ich war in so großer Erregung, dass mir das ohne Beihilfe gar nicht gelingen wollte und die Beamten mich selbst beim Anlegen meiner Kleidungsstücke unterstützen mussten.

Der Kassenbeamte war nicht im Dienst. Andere Oberbeamte auch nicht. Deshalb schoss mir der stellvertretende Sekretär aus seinem eigenen Bestand eine Mark vor. Diese in der Tasche, eilte ich hinaus in die Freiheit. Es war ein wunderschöner, heller Tag, der erste regenlose Sonn- oder Feiertag des ganzen Jahres.

Ein Gefühl des Wohlbehagens durchströmte mir Leib und Seele. So lange in der trostlosen Einsamkeit, in die kaum ein Ton menschlichen Lebens hineindringt! Ich glaube nicht, dass ich in der ganzen Zeit meines Aufenthaltes in Tegel fünfzig Menschen außerhalb der Gefängnismauern gesehen habe. Wenn auch mein Blick über die Mauern hinausreichte, so war doch die Gegend, die ich übersehen konnte, so abgelegen, dass selten ein menschlicher Fuß sie betrat.

Ich konnte nur Sand, Fichten und das Laub der Bäume sehen.

Mit einem gewissen Wohlbehagen durchschritt ich die Straßen des Vorortes und freute mich an den wandernden, fröhlichen Menschen.

Ich wusste, mit welcher Teilnahme mein Ergehen in Tegel und meine Freilassung in der Welt verfolgt wurde.

War es mir doch zu Ohren gekommen, dass viele meiner Freunde sich verabredet hatten, am Tage meiner Freilassung vor den Toren des Hauses auf mich zu warten und mich abzuholen.

Hatten sich doch schon einmal früher, als das Gerücht verbreitet wurde, ich würde freigelassen, Hunderte von Menschen eingefunden, die mich sehen wollten. Und heute? Keiner von diesen Menschen dachte daran, dass ich unter ihnen wandelte, und so konnte ich unbelästigt das heitere Leben, das an schönen Sonntagen die Vororte von Berlin durchflutete, genießen.

Diese erste Stunde der Freiheit, die direkt der Gnade entflossen, unerwartet und doch so erwünscht kam, kann ich mit Worten nicht schildern! So etwas muss man erlebt haben! ...

Ich wollte zunächst meine Schwester in ihrer Wohnung aufsuchen, sie war aber leider nicht zu Hause. Deshalb besuchte ich

Wilhelm Voigt verlässt die Strafanstalt Tegel

erst einmal die nächsten Bekannten, unter ihnen auch die Frau Riemer, mit der die Presse sich späterhin so viel und in ganz unzutreffender Weise beschäftigt hat.

Um aber doch auch die, die sich durch Sammlungen usw. um mich bemüht hatten, von dem Gnadenakt Sr. Majestät in Kenntnis zu setzen, fuhr ich noch an demselben Abend zur Redaktion der Zeitschrift »Die Welt am Montag«.

Auch da große Überraschung und die ersten Glückwünsche! Ich kehrte hierauf noch einmal zur Wohnung meiner Schwester zurück, welche ich auch jetzt noch nicht antraf, und wartete in der Nähe, bis sie endlich von ihrem Ausgang heimkehrte. Am anderen Morgen hatte ich zunächst viele geschäftliche Sachen zu besorgen, und um schneller damit zustande zu kommen, bediente ich mich einer Droschke.

Aber schon war Frau Fama geschäftig gewesen. Alle Welt wusste von meiner Befreiung. Und bald hatten sich denn auch die Pioniere der modernen Zivilisation, die Amateurphotographen und Photographen vom Fach eingestellt; und während ich den Fuß auf den Tritt der Droschke stellte, waren bereits eine Anzahl von Objektiven auf mich gerichtet, um diesen denkwürdigen Moment zu verewigen.

Schon am frühen Morgen hatte die Post eine große Anzahl Briefe für mich gebracht, und ich wollte die Muße der Fahrt dazu benutzen, um sie auf dem Wege zur Stadt zu lesen.

Als ich aber einen Augenblick hinter mich schaute, sah ich, wie die Photographengesellschaft im Auto hinter mir herfuhr, an jedem Haltepunkt umstellten sie meine Droschke so, dass mein Kutscher nicht losfahren konnte, die Zwischenzeit benutzten sie, um mich in allen möglichen Stellungen aufzunehmen. Ich habe ziemlich drei Stunden gebraucht, bis es mir endlich gelang, ihren Glasaugen zu entkommen.

Notwendigerweise musste ich auch noch einmal in die Gefangenenanstalt Tegel zurückkehren, um mich in ordnungsmäßiger Weise zu verabschieden.

Beim Verlassen der Anstalt fand ich vor den Toren des Hauses eine große Menschenmenge vor, auch hier wieder hatte sich der unvermeidliche Photograph eingefunden; ferner eine Anzahl von anderen Herren, die aus der Situation Kapital schlagen wollten. Es schwirrt mir heute noch in den Ohren, wenn ich daran denke, was für Anträge und Zumutungen mir damals gemacht worden sind. Ich konnte mich unmöglich in diesem Augenblick schon zu irgendeiner geschäftlichen Abmachung verstehen, weil ich instinktiv fühlte, dass ich den meisten nur als Mittel zum Zweck dienen sollte.

Hiermit will ich den ersten Teil meiner Erinnerungen abschließen, indes nicht ohne dankbarst eingedenk des Gnadenaktes Seiner Majestät des Kaisers und der Liebe und des Wohlwollens meiner Gönner und Freunde zu sein, die mir namentlich in den letzten Jahren ihre gütige Teilnahme schenkten. Ich versichere allen, dass ich als ein Mann von Jahren nunmehr am Ende meiner Taten angelangt bin und in Zukunft Konflikte mit den Strafgesetzen vermeiden werde, um den Rest meines Lebens in der goldenen Freiheit zu beschließen.

Ich behalte mir aber vor, allen Gönnern und Freunden über mein weiteres Ergehen in einer später erscheinenden Broschüre zu berichten oder wenigstens das Merkwürdigste zu Ihrer Kenntnis zu bringen.

Wilhelm Voigt
Hauptmann von Köpenick

Wilhelm Voigt nach der Haftentlassung an der Droschke

Die Bronzestatue vor dem Rathaus von Köpenick

Leseproben und Bestellung auf www.alfa-veda.com